郑贵梅 著

我和春天有个约会

山西出版传媒集团

北岳文艺出版社

BEIYUE LITERATURE & ART PUBLISHING HOUSE

图书在版编目（CIP）数据

我和春天有个约会 / 郑贵梅著. — 太原：北岳文艺出版社，2017.4（2025.4重印）

ISBN 978-7-5378-5030-8

Ⅰ.①我… Ⅱ.①郑… Ⅲ.①小小说 –小说集 –中国 –当代 Ⅳ.①I247.82

中国版本图书馆 CIP 数据核字（2017）第 002988 号

书名：我和春天有个约会　　策　　划：商爱欣　　责任编辑：赵　婷
　　　　　　　　　　　　　　封面设计：琦　琦
著者：郑贵梅　　　　　　　　内文设计：邱孝萍　　印装监制：巩　璠

出版发行：山西出版传媒集团·北岳文艺出版社
地址：山西省太原市并州南路 57 号　邮编：030012
电话：0351 – 5628696（发行部）　0351 – 5628688（总编室）
0351 – 5628695（编辑室）　传真：0351 – 5628680
网址：http://www.bywy.com　E – mail：bywycbs@163.com
经销商：新华书店
印刷装订：三河市天润建兴印务有限公司

开本：880 毫米 × 1230 毫米　1/32
字数：168 千字　印张：10
版次：2017 年 4 月第 1 版
印次：2025 年 4 月河北第 4 次印刷
书号：ISBN 978-7-5378-5030-8
定价：39.80 元

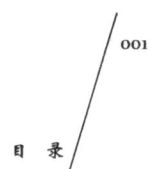
目　　录

瞬间视界

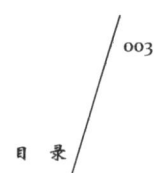

爱海泛舟

世态万象

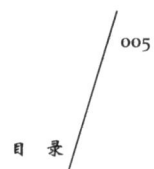

闪 小 说

超常体验

出租·之一　出租

经历了一场痛彻骨髓的失恋，真想揪住那个攀附权贵的薄情人痛骂一顿，也恨自己有眼无珠。为了掩饰自己的失态，免得家人担忧，我旅游散心。

这天，我来到 Z 城。我发现有一个出租公司，出租恋爱、婚姻。

我感到纳闷，恋爱怎么还能出租，婚姻也能租赁？

我怀着好奇心走进办公室，一位中年妇女接待了我。我问她：恋爱怎样出租？

她说：我们给你提供男士，说明租期费用。不过，你得先交押金。租期一到，男士就会与你分手，我们还给你押金。另外，我们还出租婚姻。

我问：出租婚姻是不是和出租恋爱一样？

她说：不太一样。恋爱是两个人交往恋爱。婚姻则是两个人住到一块过日子。说完，她用手指着墙上挂的条款说，我们还提供出租人生、出租父母、子女等。

我越发好奇：人生怎样出租？

她给我解释：一个人来到世上，是不是赤条条一无所有？

没错。我点点头。

出生后，首先认识了自己的父母亲人。长大后上了幼儿园，认识了小伙伴，就拥有了与小伙伴交往的经历。再然后，上了小学，就拥有了上小学的经历，再然后，上中学、上大学、就业、恋爱、结婚，等等，经历了各个不同阶段的生活。当他（或她）渐渐老去，直到去世，两眼一闭，是不是也是一无所有？

是啊！

那么，他生前所拥有的各种经历、财产、官位等，是不是只是暂时拥有，是不是也都会离他而去？

对呀！

暂时拥有的经历、财产和官位等，是不是都可以出租？

人生就是一次出租啊！我茅塞顿开。

我还有些疑惑：那么，如果我想租赁人生，怎样租赁？

你想要哪一段人生呢？是 0—6 岁，还是 7—13 岁，或者是 14—18 岁？

那么，出租父母呢？

现在的人每天忙于工作，没时间陪伴父母。把父母叫到家里住吧，说实话，时间短了还能凑合，时间一长，难免不产生矛盾，反而都不痛快。可时间一长，工作上压力太大，又想找个人倾诉一番，找朋友吧，不愿意，有些事情不想让朋友知道，找父母吧，又感觉父母不能理解，所以，我们提供名义上的父母，对个人的隐私绝对保密，所以，这样的父母，既不会对她或他产生压力，还能减轻心理负担。所以，这样的服务很受人们青睐。

我恍然大悟：出租子女和出租父母也差不多吧？

基本上差不多，只不过对象不同。人们害怕结婚，当然也不想要孩子，租养一个孩子，既能满足自己当一个父亲或母亲的感觉，也能释放自己的爱心。嫌孩子烦了，不租了，交还给我们，何乐而不为呢？

什么都可以租吗？

是的。只要你能提出要求，我们就能满足你得要求。

我看到了"富贵"。

我男朋友就是因为攀上老板家千金，弃我而去，我也要拥有富贵，让他瞧瞧！

她说："富贵"刚刚租完，你还得等下一批"富贵"。

我有些不甘心："富贵"就这么抢手？

她回答：是啊。想租"富贵"的人很多。

没有了"富贵"，就租个"真诚"吧。

没想到，"真诚"也没有！

她说："真诚"比"富贵"还抢手，早就没货了。人们见多了追逐名利、薄情寡义，都期盼有一个真诚的男女朋友。即使是租来的，片刻的真诚，也能满足人们一时的心理需求。

你这生意还蛮火爆嘛。

是啊。我决定再开几家连锁店，将出租服务扩大。将来开到外市、外省、外国。

我想到自己刚刚失恋，决定租一个"恋爱"疗伤。

107号男士和我恋爱。107号长得高大帅气，英气逼人，和他走在大街上，女人们纷纷回头观看，美得我忘了北。我们双双出入咖啡馆，花前赏花，月下散步，畅谈人生理想。经过一段时间的接触，我有些离不开107号了，我甚至想和他结婚。

我说：咱们结婚吧。

他说：我是你租来的，租期一到，我便会与你分手。

我说：租金我不要了，咱们一起私奔吧。

他说：我不会和你私奔，和你交往，只是我的工作而已。

我气愤：难道你就没有感情吗？

他依然心平气和地说：对不起，我的感情只是出租。

我气极：你滚吧，没有感情的东西！

他一点也不生气：好吧，再见。

出租·之二　我不回去

　　我正在网上打游戏，儿子说了一句什么，我没听清。一会儿到厨房倒水，却发现儿子不在家。肯定是到楼里的军军家玩去了。

　　喝了一杯水，继续战斗。中午老婆回家，问我儿子去了哪里，我说他到军军家玩去了。老婆说刚才我在电梯里碰见军军，他还问我儿子去了哪里。

　　是吗？我有些心虚，可能是在明明家吧？

　　可能！可能！你还可能在太空遨游呢！

　　我急忙下楼去找儿子。同学家里、朋友家里、亲戚家里，找了一圈也没有找到儿子，他能去了哪里？老婆骂，老爸怨，老妈哭着冲我要孙子。老婆火了：找不回儿子，你也不用回来了！

听人说，租城有很多孩子，有的家长就是在那里找到了孩子。我来到租城，走进一家"连心"租赁公司，一进门就是醒目的电子屏幕，上面滚动着租赁公司的各种项目：租赁父母、租赁儿女、租赁朋友，旁边还标着各种租赁价格，以及对顾客的承诺和保证。

一个小伙子热情地接待了我：先生，来这里看看？

我点点头。他指着电子屏幕上的字幕对我说，我们这里有各种租赁服务，您想了解哪个方面？

我问他：如果我想租个儿子，怎样租赁？

您是自己租赁，还是给别人咨询？

老实说吧，我儿子失踪不见了，我是来这里找儿子的。

先生，对不起，您要找人，请您去派出所找人，我这里是租赁公司。

我知道你这儿是租赁公司。派出所我去了，没找见。所以，我想看看我儿子在不在你们这里。

小伙子指着屏幕上的承诺说：先生，这是我们的承诺和保证，凡是来这里的顾客，我们都必须为顾客保守秘密。如果有谁泄露了顾客的信息，谁就会被公司开除，并且上了黑名单，不仅本公司不会用你，就是同行业的公司也不会用你。

就不能通融通融？我从挎包里掏出一沓钱放到他的面前。

你这不是为难我吗？

真的不行？

真的不行。

加上这行不行？我又从挎包里掏出一沓。

这不是钱的问题，是我的饭碗就要被你砸了！

我瘫在椅子上：那就一点办法也没有了？

有啊！你可以把你儿子的年龄、身高和长相告诉我们，我们根据你的需要给你选一个，你来租赁，不就可以了吗？

对呀！我从椅子上霍地站了起来！

第一个男孩的爸爸经常赌博，赢了钱去饭店海吃一气，输了钱回家喝酒骂人打人，他都这么大了，还动不动打他，妈妈劝两句，爸爸连妈妈一起骂。他小姨把他领到这里来。

第二个男孩妈妈早亡，爸爸在公司里忙，给他雇了一个保姆，吃喝不愁，花钱随便。

第三个男孩的妈妈上班早出晚归，根本顾不上他，爸爸上班不忙，一有时间就上网聊天打游戏斗地主偷菜，对他不闻不问。他来这里问妈妈要钱，妈妈着急得要走，让爸爸给他，爸爸上网也忙，从口袋里掏出钱数也没数就给了他。

是啊，我真正关心过我的儿子吗？

我来见第四个男孩。我早早地来到"心吧"，不知为何我竟然有些紧张。我坐在椅子上目不转睛地注视着门口：这个穿红衣服的不是，那个戴眼镜的不像，一个穿夹克的男孩走了进来。你看那瘦瘦的身材、走路的姿势，和我一模一样，不是我儿子是谁？

但是，但是，这个穿夹克衫的男孩竟然从我身边走过，去了我后边的桌子！

是我眼花了，连自己的儿子也认不出来？

我正在沮丧之际，一个人坐到了我的对面，正是穿夹克衫的儿子！

我激动地站了起来：儿子！儿子！我总算找到你了！

找我干什么，我不是告诉你了吗？

是我没听清。

我玩几天就回去了。

你也玩了几天了，咱们回家吧？你妈妈找不见你，着急上火嗓子也哑得说不出话来。

我不回去。

为什么？

这样挺好。

那可不行。你不知道，这几天家里已经乱套了，你爷爷每天骂我，你奶奶哭着向我要孙子，想你想得病倒在床上起不来。

我奶奶真的病了？

我还能骗你吗？

那我也不能回去。

为什么？

你们那么忙，我不能影响你们，就这样挺好。

以后不会了。我以后再也不打游戏了，你妈也保证抽出时间陪你。

我还是不能回去。

又怎么了？

你得把我向同学借的钱还了。

人啊人·之一　胖子

胖子又来了。我乐颠颠地跑上前去蹭在他的身旁，他扔给我一条火腿肠，和老爷子进去喝酒去了。

胖子这人不错，看见老爷子行动不便，经常过来给老爷子买一袋米，或是一袋面。记得那天，胖子来时正赶上刮风下雨，外面下着大雨，屋里下着小雨，地上摆着接雨水的塑料盆。看见老爷子的房里露水，胖子竟然给老爷子翻盖了房子，感动得老爷子逢人便讲，到处夸赞胖子。

有一天，老爷子病了，躺在床上好几天，不吃不喝，胖子来了看见，二话不说，背起老爷子去了医院。胖子虽然不是老爷子的亲生儿子，却比亲生儿子还要好。隔壁的王大爷倒是有儿子，王大爷病在床上，儿子根本不管不问，这样的儿子有和没有又有什么区别？

胖子对我也好，来找老爷子时经常提着大包小包，顺便扔给我一些吃的，今天是火腿肠啦，明天是鸡大腿啦，后天或许就是一条鱼。让我美美地享受了一番。

哦，世上有这么多的美味啊！

胖子怎么不早来呢？以前从未见过胖子，只是最近一段时间来得特别多。老爷子一个人住着，舍不得穿，舍不得吃。身上总是那身黑衣服，很少见他穿过别的衣服，吃的更是简单，稀饭馍馍老咸菜，中午一碗西红柿面条就打发了，很少吃肉，鸡鸭鱼类更是少见，自然我的食物也不会好到哪里。老爷子没儿没女，平时根本无人看他，没想到还有胖子这样的人来看他，倒是让我开了眼界。

那天，和老黑说起了人，老黑感慨万千。老黑说，人是世上最贪婪最无情的种类。它的主人住的房子很大很多，汽车也多，家里住的人也多，来往的人自然不少，其中有一个人和他非常要好，形影不离。主人有事外出，他竟然雇人偷窃，被警方抓住供出，你说这叫什么人？

还有这样的人？我如听天方夜谭。不过，我看胖子不是这样的人。我列举了胖子的种种好处，和老黑据理力争。老黑冷笑一声，但愿他不是这样的人。

这天，胖子又就来了。照例扔给我一根火腿肠，就到屋里和老爷子喝酒去了。我吃完了火腿，到屋里一看，发现老爷子在床上躺着，胖子正在开一个大柜子上的锁子。

这个大柜我知道，被老爷子视为珍宝。老爷子经常从那里取出一些钱，或是一个红本，或是一个小卡片。他跟我说，这是他的全部家当，有了它，可以买肉吃，买衣服穿。所以老爷子每次锁门都非常仔细，锁好后还要检查一遍，然后再用手拽一拽，直到拽不动为止。

老爷子睡觉，胖子怎么能开老爷子的柜子？真像老黑所说，胖子也是一个那样的人？是不是我多心了，也许是老爷子喝多了不想动，让胖子给老爷子开锁？既然胖子是老爷子亲戚或朋友，他给老爷子开锁，那就很正常。

可是，胖子却打不开那个柜子。急得脑门上直淌热汗。我也警觉起来，冲胖子喊叫起来。气得胖子冲我龇牙咧嘴直瞪眼。

正在这时，老爷子在床上悄悄地冲我摆摆手，示意我不要声张，我便不再喊叫，安静下来。可此时我的心却再也无法平静下来。

不料，隔壁王大爷进来，看见胖子开锁，大吼一声，吓得胖子瘫在了那里。

原来，胖子瞄上了老爷子的柜子，想方设法靠近老爷子。今天，他把老爷子灌醉，从老爷子身上取下钥匙开锁。

那他为什么打不开呢？

老爷子长叹一声，和王大爷比比画画，是说他故意装醉，其实早就用假钥匙换下了真钥匙。老爷子真是聪明啊！

王大爷非常气愤，要把胖子捆起来送走。没想到老爷子不让送。

这下，连王大爷也糊涂了。这样的人你还包庇？

老爷子说，他只是一时糊涂……

我也被他们弄糊涂了。人啊人，你们到底是怎么回事？

人啊人·之二　银行卡

　　主人有一张卡片，据说是银行卡，被主人视若珍宝。可是，今天主人一反常态，进门就把银行卡扔到桌上气呼呼地骂人。

　　主人不高兴，我也跟着倒霉。高高兴兴地上前迎接主人，不料被主人一脚踹出。你说我招谁惹谁了？委屈得夹起尾巴，望着那张银行卡火冒三丈，恨不得一口把它咬碎，可我又不敢去咬，那可是主人的命根子，上次主人找不见它，都快急疯了，翻箱倒柜一气折腾，眼珠子都红了，吓得我躲在一边不敢轻举妄动，直怕被主人迁怒。谢天谢地，最后终于在墙角找见，老鼠正对着银行卡放绿光呢，被主人赶跑。总算找见了，真要找不见的话，后果不堪设想。

我一扭头，发现那只肥硕的老鼠，一阵猛追，不料老鼠并不害怕，居然梗着脖子和我叫板，我又追了一程，老鼠也只是躲到远处观望，我也就不管它了。平时我们俩和平共处，我吃剩的食物，它就慢慢地蹭过来偷吃，看见我不反对，就大着胆子吃了起来。如今，我心情不好，出一出气也就行了，何必赶尽杀绝？

只见主人又把银行卡拿起来观看。主人说，有了这张银行卡，可以从银行里取出很多很多的钱买肉，也可以往这张卡上存很多很多的钱。我觉着人活得真累，也不嫌麻烦，拿上钱直接买肉就行，弄那么复杂干什么？哪如我们狗类省心，主人给口吃的就成。

看着主人愁眉不展的样子，我也替主人着急。他肯定是去银行取钱没取出钱来，所以生气发火。不是有张思贪给他往银行卡上打钱吗？张思贪是主人他们厂的厂长。不知主人从哪里得知张厂长买的别墅。别墅是什么，是很大很大的房子吗？房子就房子吧，为什么又叫别墅？

说是张厂长的别墅里养着一个小三。小三是谁，是张厂长的老婆吗？男人养老婆不是天经地义的事情吗，为什么还要被主人拿出来做文章？要么是张厂长的女儿？听着更不像。小三到底是什么人，我不明白，主人却很感兴趣。

主人在他的小本子上记了很多小三的故事，然后给张厂长打电话，要张厂长给他的银行卡上打钱。

我觉着主人的行为实在可笑，人家为什么要给你打钱，就因为一个小三？没想到张厂长还真给主人打上了钱。有了钱的主人给我买了很多的鸡鸭鱼肉，吃得我都腻歪了。就连闻味而来的老鼠吃了几天，也不想吃了。

主人没给张思贪打电话，却给李耀武打电话。这个李耀武我听人们说过，那天几个人在家里说起了李耀武，说他是一个小混混，一次偶然的机会他救了一个干部，被干部安插提拔重用。这个人比较霸道，不管你三七二十一，顺我者昌逆我者亡。他们提起他来，个个胆战心惊，更不用说去找他的麻烦，他不来找你的麻烦就算万幸了。

可主人不怕，照样从他那里得到了钱。今天，主人给李耀武打电话却没打通，主人一叹，难道他也进去了？

我非常佩服我的主人，就像一只精明透顶的老鼠，只要发现美味，迅速追踪观察，发现包抄，最后手到擒来，掠为己有。下辈子我一定托生为人，像我的主人一样，给人们打打电话，就有人给我的银行卡上打钱。

主人又翻开了他的小本子，一眼就看到了甄清廉。甄清廉是一个学校的书记，我从未见过。有一次，主人从同学聚会上回来兴奋不已，往他的小本子上记着什么，神秘兮兮的，每天早出晚归，虽然疲惫不堪却满脸笑容。

主人给甄清廉打电话，这次，一下就打通了。没说几句，电话里的声音比主人的声音还高，我都能听见，吓得主人立马关了手机，望着扔在一边的手机惊恐万分，好像那是一颗定时炸弹，随时都有可能爆炸似的。

如今，银行卡已经不是主人的珍宝，被主人扔到了墙角，那只老鼠也因为没有美味失去了踪影。

变异·之一　一条改变自己的狗

大黄不解地望着主人。

主人长得高高大大，却并不可拍，对它和蔼可亲，对它很好。可自从和方脑袋吵架后，方脑袋就很少来找主人，主人有些不高兴，对大黄也时好时坏，大黄和以往一样，一听见主人回来的脚步声，便亲昵地跑到门口迎接主人，蹭到主人面前撒娇。主人高兴时和它亲热，不高兴时就把它撵得远远的，看见它委屈的样子，也不像以前那样哄它逗它。

大黄竟有些怀念起方脑袋来。方脑袋来了，有时给大黄带一根火腿，有时不带，总是笑眯眯地拍拍大黄，和主人一起聊天去了。有一次方脑袋让大黄买烟，大黄叼上钱跑到小卖铺把钱放下，叼回一盒烟，方脑袋和主人大笑，连连夸赞大黄聪明，自然，也赏给它一块鸡腿。

方脑袋不来，圆脑袋却频频光顾。圆脑袋在主人面前对大黄很好，背转主人，对大黄瞪眼咬牙，有时还踹上大黄一脚。这人怎么这样？

想到这里，大黄感慨：在这点上，我们和人类就不一样。我们对主人忠诚，对朋友忠诚，我们素有忠诚的美德。就说黑龙吧，黑龙的主人是一个士兵，士兵在一次战斗中再没回来，黑龙站在主人离去的路上连连呼唤，从此，黑龙不吃不喝直到死去；再说豹子，豹子的主人出去办事，把小孩放到床上。没想到来了一条狼，豹子急中生智，把小孩放到床下，和狼展开搏斗，终于把狼咬死，它自己也死在狼的旁边。主人回来看见屋里情景，大惊失色，以为孩子被狼吃了，大哭起来。哭声把床下的小孩惊醒，主人这才安心。主人感激豹子的义举，给豹子立了墓碑，给豹子题词："义犬。"这个城市也以豹子的名字命名。

大黄也不含糊，那次主人病倒了，无力到诊所看病，大黄跑到诊所门口大叫，叫出了大夫，给主人看病，主人和大夫对大黄赞不绝口。

大黄讨厌圆脑袋，圆脑袋还是常常光顾，大黄对他吼叫，主人有时看着哈哈大笑，有时过来训斥大黄，把大黄撵走。

这天，大黄发现圆脑袋和一伙人在一起嘀嘀咕咕，鬼鬼祟祟，看见主人出来，赶紧闭嘴，换上了一副笑脸。大黄替主人着急，扯扯主人的裤腿，主人笑笑，拍拍大黄，让它放心。主人也开始在圆脑袋面前一套面后一套，改变了自己。

大黄疑惑，难道背叛比忠诚更受人们欢迎？它对忠诚的信念开始动摇，也试着开始改变自己。圆脑袋再来，大黄不再对他吼叫，开始对他摇头摆尾。圆脑袋大喜，马上改变了对大黄的态度，给了大黄一根火腿。背转圆脑袋，大黄宁可让肠子臭了，也不愿吃它，可最终还是没能抵挡住它的诱惑。

尝到了甜头的大黄，开始发扬光大。主人叫它去买啤酒，它却买回了火腿。主人哈哈大笑，它也学会了这套，又给它钱，让它把啤酒买回来。

主人和圆脑袋反目，吵了起来，吵到后来动起了手脚。大黄看看主人，再看看圆脑袋，不知帮谁。圆脑袋叫它：大黄帮我！大黄迟疑地看看主人去扯主人。气得主人大骂，大黄又反过来帮助主人。

第二天早晨，主人看见大黄惊叫起来：你是什么人，怎么跑到我家？

大黄奇怪，我是你的大黄啊，你怎么不认识我了？它冲主人叫唤。令人奇怪的是，大黄的叫声，不再是汪汪汪的狗的声音，而是人的声音！

大黄再看自己，竟然变成了人的样子！直立在主人的面前！再走几步，竟然和人一样，竟能站着走路！

主人大骇：你怎么就变成了人呢？

大黄说：我也不知道，一觉醒来就成这样啊！

主人说：你现在这个样子，我可不能留你，我要把你送到动物园去。

大黄吓坏了，连连后退：主人！主人！我可不去什么动物园，我要守在你的身边。

主人说：你要是以前的大黄，我肯定留你。可你现在变得狗不狗、人不人的，你让我如何留你？

此时的大黄后悔莫及，别看它学人这样，学人那样，一旦真的变成人，它可不干。人世间的不忠不义、奸诈丑陋，它早已看透。它可不愿做人。再说，现在的人，宁可养一条狗在家，也不愿和人共处一室，它怎么能变成人呢？

它再三向主人恳求：我是一觉睡醒变成这样，我想试几天，看还能不能再变回去。如果我确实变不回去，你再送我行不行？瞬间大黄大滴大滴的眼泪流了下来。

　　主人受到了感动，主人对大黄也有感情，只是一下子无法接受。

　　大黄睡了几天，也没变回去。主人看着它实在别扭，恋恋不舍地把大黄送到动物园，没过几天，大黄不吃不喝，离开了世间。

变异·之二　星星回来了

星星回花果山了！

花果山的旧址已被人类挖煤采矿占有，迫使我们几度搬迁，退居到现在的花果山神仙洞。想不到星星还能找回来，奇也。

今天的星星，与往日的星星判若两人。以前的星星，看见小猴摔倒了，急忙上前施以援手，今天的星星则冷眼旁观，视而不见；以前的星星瞅着老猴走不动了，会主动上前搀扶，今天的星星则会退避三舍，还不让我帮助老猴。以前的星星听说同伴病了，问寒问暖，上山采药，给同伴治病；今天的星星，看见头领病了，才上山采药，别的猴子病了，不闻不问。这还是以前那个单纯善良的星星吗？是的，我承认，我仍然爱着星星，星星依然不拿正眼瞅我。她的眉梢皱了，急得我胡乱猜疑是谁惹她生气；她的脸黑了，我观言察色，探出缘由，替她出气。可现在，说什么我也看不下星星的做法，悄悄劝说星星，谁知，星星竟说我狗拿耗子多管闲事！

丽丽和涛涛是一对恩爱夫妻，生有一个小猴，和谐美满的一家。星星回来后，经常出入丽丽家。星星以前和丽丽是好友，我为星星能有一个知心好友而暗自庆幸。不料，丽丽却向我们哭诉，星星看上了涛涛，挑拨涛涛和她吵架。怎么可能，那可是朋友的丈夫啊，你怎能横刀夺爱？

在我们这里，是一夫一妻制，向来没有发生过这种事情。如果有谁犯规，将被大家逐出花果山，绝不容许侵犯他人家庭的事情发生！

星星犯规了，头领召集大家开会，要把星星和涛涛轰出花果山。星星刚从幸福城回来，可见她在幸福城并不幸福，才回到了花果山，却又做出这等丑事，让我既恨她又可怜她。如果真的被大家轰走，你让她以后怎样生活？

我向头领求情，星星和涛涛是初犯，念他们年幼无知，给他们一次改过自新的机会，以观后效。如果再犯，绝不留情！

头领看看大家，大家瞧瞧丽丽。丽丽低下了头，不言不语。急得我几次要叫丽丽开口，却又开不了口。过了一会儿，丽丽抬起了头，既然大家要给他们一个机会，我也给他们一个机会。但是，绝不容许星星再到她们家滋生事端！

星星回到了自己的家里，安静了一段时日。谁知，星星怀孕，生下了小猴！再一次打破了宁静的花果山。虽然星星犯了错，但小猴是无辜的，星星堂而皇之地住进了丽丽家，气得丽丽三番五次上吊抹脖子，被大家救下。丽丽再也待不下去，带着自己的小猴，离开了群猴，离开了花果山。

猴子们自发组织，坚决要求把星星赶出花果山！头领已被星星贿赂，应大家的要求，开过几次会议，也都不了了之。急得我四处跟大家说拜年的话，希望大家原谅星星，星星却跟没事猴似的，该怎样还怎样，没有一点羞耻之心。我不明白，幸福城里的人类是怎样生活，难道就像星星这样贪婪、自私、冷酷无情？

星星说，她在幸福城被一户女主人收留。吃的是和人一样的粮食蔬菜，喝的是纯净水，住的是高楼大厦。出门有的人骑自行车，有的骑电动车，有的坐车，甚至有的人在天上坐飞机。玩的是手机、电脑和游戏。那里的一切，真是神仙们过的日子，哪像咱们这里，还处于原始荒蛮的时代？

既然幸福城那么好，你回来做什么？

星星苦笑，再好，也是人家的家，和我有什么关系？虽然星星不说，我却隐隐约约听说，星星的女主人有一个老妈，见不得星星，女主人要把她送到动物园，星星不去，路上还被人们卖了几次，几经辗转，才回到了花果山。既然如此，你回来好好过日子，干吗弄得鸡飞狗跳，搅得大家都不安宁？

一天，不知为何，星星和涛涛吵架，竟然迁怒于小猴，把小猴扔进河里，吓得涛涛大惊失色，急忙跳下去救上了小猴。小猴死里逃生，看见星星抖成一团，躲在涛涛怀里，说什么也不愿回到星星身边。

头领再也不能袒护星星，大家一致要求赶走星星，把她逐出花果山。这样的害群之马，绝不姑息！

我还想为星星求情，甚至去替星星顶罪，被大家轰走。不料，星星突然头痛，头疼欲裂，竟然躺在床上打滚。有的猴子说是星星装蒜，有的猴子说不像。猴医诊治，查不出病因，束手无策，当然，也不能就这样把星星赶走。大家面面相觑，无言以对，默默地离开了星星。

第二天早上过来一看，星星不见了，床上躺着一个女人?！

幸 福 村

县衙内。日间。

张生脱下役服，甩在桌上，怒冲冲出了县衙。朋友嫉妒张生抓差办案比他强，收买同僚，联合栽赃陷害张生，张生找到证据找胡大人申诉被驳回，昏官胡大人将他赶出了县衙！张生不甘，去省城告状。

幸福村。傍晚。

这天傍晚，张生来到幸福村。这是一个古村落，村里只有一条大道，黄土铺就。道路两旁，是斑驳脱落的墙皮和破败的平房。平房里出来进去的男女和街上行走的老少，身上穿着黑色或者蓝黑色或者灰黑色的肥大的衣裤。不说上了年纪的老头老太太，就是小伙子大姑娘，甚至连少年儿童，也是穿着灰暗陈旧的衣服，毫无朝气。

村里没有店房，小卖铺的王大叔家有空房，答应给张生住宿。王大叔老婆故去，只有一个九岁的儿子小虎和一条小黑狗。

王大叔看见张生身上穿的白褂子好，赞不绝口。一会儿摸摸张生褂子的袖子，一会儿拽拽张生褂子的衣襟，一会儿问张生是在哪里买的，多少钱。张生见王大叔实在喜欢，便脱下衣服送给王大叔。

王大叔坚决不要。你的衣服我怎么能要？再说，你给了我，你穿什么？

张生指着包裹里的衣服说有衣服穿。王大叔执意要给张生钱，被张生推了回去，一件衣服也值不了几个钱。你放心，该给你多少钱给你多少钱，一文不少。

王大叔欣喜地拿上张生的衣服走了，一会儿给张生送来一件肥大的黑褂子，要张生无论如何都要收下它。否则，他就送还白褂子。

张生没想到大叔这么认真。一个陌生人接受了他的衣服，还知道回赠自己，而往日的朋友，却因嫉妒栽赃陷害自己。唉！

晚上吃饭，王大叔炒了三个菜，拿出了一瓶酒，三人一起吃饭。张生也从包裹里取出熟肉和烙饼。小虎吃了几口烙饼，放下了筷子，盯着张生放在桌上的那把小巧精致的扇子目不转睛。张生急忙拿起扇子送给小虎。小虎看看张生，扭头瞧瞧父亲，见父亲点头，拿上扇子跑没了影。

一眨眼的工夫，小虎拿着一把大蒲扇进来递给张生又跑了。小孩也这样啊，张生感叹不已。

他拿走了你的扇子，也不能让你受热啊。

幸福村。第二天。

第二天，张生要走，热情的王大叔一再挽留，盛情难却，张生留了下来。王大叔的邻居李大叔来小卖铺买酒，看见张生穿的宝蓝色褂子不错，也拿他的深蓝色的衣服换走了张生的衣服。不一会儿，张生带的几件衣服，都被人们陆续换走，给他留下一堆黑色的或者深蓝色的或者灰黑色的衣裤，让张生哭笑不得。

张生发现，人们虽然和他换了衣服，却没见他们穿，就连王大叔换下的白褂子，也没见他穿，肯定是舍不得吧。

住了两天，张生和王大叔家的小黑狗也混熟了。他拿出熟肉喂它，它吃了张生的熟肉，从厨房叼出一块玉米面窝头给了张生。

马车上。渡。

第三天，张生再也不能住了，辞别了王大叔，穿着不合体的肥大的深蓝色衣裤离开了幸福村。

张生到了县城，搭乘一辆马车赶往省城。车上，一位三十多岁的男人问张生，你是不是幸福村的人？张生说不是，刚从幸福村出来。

怪不得。

什么意思？

男人反问张生，你身上穿的衣服是不是被幸福村的人们换下了？

是啊，你怎么知道？

我也被他们换过啊。

有意思。

你认为有意思？

你不这样认为？

错！一开始我和你一样也是感觉好玩，一位亲戚告诉我，根本不是那么回事！幸福村的人们素以嫉妒出名，绝不允许别人比他们富裕！不许你穿得比他们好，不许你吃得比他们好，不许你用得比他们好。只有你和他们穿着一样的衣服，吃着一样的饭，用着一样的东西，和他们一样贫穷，他们的心里才会平衡，才会幸福。

平衡等于幸福？

其实，以前也不是这样。村里有一个人叫渡，在朝为官，勤政为民，深得皇上信任。好友嫉妒，栽赃陷害他，使渡差点死于狱中。后来冤案昭雪官复原职，渡心灰意冷辞官回家。从此性情大变，看谁都像嫉妒他陷害他的人，变得心胸狭窄，绝不允许别人比他富裕、比他穿得好、比他吃得好、比他用得好……

未来·之一　双双对对把家回

　　虽然契约时代已经过去，人们不再聘用律师签订什么契约文书，但人们已经习惯了出门办事回家都是双双对对。不然，谁能给你证明呢？

　　这不，二黑开着出租车，小芹坐在二黑的身旁，车上的摄像机开着。这种摄像机能摄像，能录音，可随身携带，轻便快捷。车上有了它，不管车内上过几个乘客，是男是女，发生过什么事情，连同跑了多少钱，小芹都了解得一清二楚，有时乘客把衣物落在别的什么地方，以为落在出租车上，小芹作证也不行，还得有摄像机作证。那么，二黑跑出租，有摄像机作证，小芹可以不必在车上了吧？那可不行。法律规定，必得有证人和摄像机同时作证。有一次，二黑的车被一辆车追尾了，对方把二黑的车撞了一个坑，责任完全在对方。按理说，对方应该给二黑赔偿修车钱，就因为小芹那天给孩子看病不在车上，二黑有理没地方说。只能自认倒霉。

已经是晚上9点多了，跑了一天，中午只是凑合着吃了点自己带的食物，小芹有些饿了，也有些累了，更主要的是，儿子在家也不知睡了没有。他奶奶管不了他，有时候，他一定要等妈妈回家，吃上一口妈妈的奶，或者是摸上一把妈妈的奶头，才肯乖乖睡去。想到这里，小芹催促二黑快点回家。

正在这时，马路上一高一矮两个男人看见出租车过来，拦住了车，二黑便停下车拉上他们。大个子男人刚从外地出差回来，由小个子陪着。他们上车坐好，打开摄像机，记录着上车后发生的事情。到了大个子家门口，大个子付给二黑车钱，又付给小个子证明钱下了车。大个子也需要小个子为他证明。

他们下车后，上来一对中年男女。两人上车后，也是打开了摄像机。他们的话很少，一左一右默默地看着窗外的夜景。城市的晚上五彩斑斓，科技馆门前灯火辉煌，一项新产品在馆内橱窗里摆放着，人们围在那里观看；奇幻泡泡馆人来人往；彩色霓虹灯闪烁不停。突然，女人咳嗽起来，而且越咳越厉害，咳得脸色都变了。旁边坐的男人看了一眼，只是轻描淡写地问了一句，你不要紧吧？

女人摆摆手，对他说，没事，老毛病了。

男人坐在那里纹丝不动。世情冷漠啊！小芹感慨着，不管是夫妻也好，同伴也好，或者是临时结伴同行，作为男人，关心关心她又会怎样？小芹叹息着摇摇头。

他们下车后，又上来一对中年男女。男人风度翩翩气度不凡，女人文质彬彬谈吐优雅，一看就是有文化有修养的人。他们和其他人一样，也是上车后打开了摄像机。坐稳后，女人问男人，胸脯还疼不疼了？等你出差回来咱们去医院检查检查吧。

男人摆摆手，不用，已经不疼了，可能是这两天太忙太累的缘故吧。

女人关切地说，以后你可得注意了，上了年纪，身体不饶人，工作要干，身体也要健康。

男人说，没办法，一工作起来就停不下，没……

女人打断他，以后不许这样了，听见没有？

男人把女人搂在怀里，遵命！老婆大人。

过了一会儿，男人对女人说，宝宝你不能太宠着他，要督促他好好学习。

女人点点头，温柔地应着。

男人又告诉女人，我不在家的时候，你一定记着不要太累了，累了一定要休息一会儿；渴了，一定要记着加油，记住了没有？

女人亲昵地靠在男人的肩头，记住了。

小芹听着有些糊涂，女人渴了不去喝水，而是去加油，她又不是汽车，加什么油？

男人还在嘱咐女人，有什么事情，一定要按绿色按钮。遇到紧急情况，要按红色按钮，由我来处理，听见了没有？

绿色按钮？红色按钮？女人是机器人不成？

小芹不禁睁大了双眼，仔细打量着女人。女人和别的女人一样，长发披肩，秀眉美目，和别人也没什么区别啊，她怎么会是机器人呢？

女人冲她甜甜地一笑，她……她……她还真是一个机器人！

那，他们的宝宝……

他们双双下车后，二黑和小芹互相看了一眼，不知说什么好。什么也别说了，赶快回家看儿子吧。二黑开着车，和小芹双双回了家。

未来·之二　世纪门之家

做生意赔了本，老婆也跟人跑了，我经常喝得晕晕乎乎不知东南西北。

这天，我又喝了酒，不过，这次喝得不多，没醉。出了饭店往家走，却怎么也找不到家门，好不容易找到家门，一头跌了进去。

想不到家里有人，一个女人竟坐在我的家中！是老婆良心发现感到对不起我回了家？回家我也不要你！我揉了揉眼望向女人，这个女人比老婆年轻，还是个漂亮的美眉。

是我交了桃花运有女人上门找我？怪不得早上门外喜鹊喳喳叫唤。我正在胡思乱想，美眉过来扶我到沙发上坐下，对我说：先生，欢迎您来到"世纪门之家"。

等等，怎么我家变成了"世纪门之家"？

我一下子清醒过来，这哪里是我家，分明是一家商店嘛。

美眉继续介绍：我们店里有亲情门……

我疑惑不解：你说什么门？

她给我解释：我们这里经营的不是生活中的应用门，而是心门。在飞速发展的时代，科技之门洞开，什么月球之门、航母之门、核试验之门，这门越开越宽越开越大，而人的心门，却越来越窄越来越小，甚至有的门已经关闭上锁。

我有同感。老婆不就是嫌我现在倒霉落魄就跟人跑了，向我关闭了爱情之门。

她接着说：我们有亲情门、爱情门、朋友门、孝顺门……

亲情门不需要，我现在孤身一人，爱自己就是爱家人；爱情门不着急，有了事业有了金钱，还愁没有女人上门？我现在迫切需要的是朋友门。我想重新开始，非常需要朋友的帮助。

真的灵验吗？我半信半疑。

她笑着说：你可以试试。

她给我抬来一扇朋友门，这门比我家的冰箱门小，比我家的微波炉门大，和我家的电脑屏幕差不多大。她让我把朋友的名字写在门上，只要一摁门上的开关，朋友就会出来，帮助我渡过难关。

我试着写上老刘的名字，老刘果然出来了。我对老刘说，我想从头开始，需要资金周转，你能不能先借给我点钱，我有了钱肯定还你。

老刘笑眯眯说：需要多少钱你说话，只要我有，咱俩谁跟谁啊？

我简直不敢相信自己的眼睛。前两天我找老刘借钱，老刘还说现在手头没钱，怎么现在有钱了？

我也不敢狮子大开口，只说先借一万。

老刘很痛快：我现在身上没带钱，你晚上来家取钱吧。

我兴奋地差点跳了起来！没想到事情这么顺利。老刘走后，我又把老张的名字写上，老张也出来了。前两天老张说开连锁店拿不出钱来，今天宽松了，能挪出一两万来。

我再把小王的名字写上，一下出来三个小王，一个是刚考上却上不起大学的小王，他的父母都是村里的农民，在村子里借遍了，也没有凑够他上大学的费用，小王发奋读书，就是想考上大学改变自己的命运，而命运却不肯给他开门，使他痛不欲生。我在亲戚家见过小王，看小伙子积极上进，资助他上了大学，从此改变了他的命运；第二个小王是他参加工作后，把第一个月开的工资都给了我，我说用不着，只要你走正道，孝敬父母就行。在我的劝说下，他给自己留下一点，其余的都给父母寄了回去；第三个小王是他成家以后，他和老婆都上班，生活也捉襟见肘，还要供一个孩子上学，他硬是省吃俭用给我还了钱。我不要也不行。他说：在我最困难的时候，一个互不相识的陌生人，能给予我帮助，向我敞开爱心之门，是我今生的福分。您的这份大恩大德，我将永世不忘。以后，您就是我的亲人，您有什么事情，尽管开口，我的这扇亲情门永远为您敞开。

前两天在路上碰见，他向我念叨生活不易，既要供孩子上学，还要应酬朋友们的婚丧嫁娶等。小王怕我向他借钱，当时的承诺早已烟消云散，我急忙躲开。

我思忖一会儿，就找第三个小王，我看他怎么说。小王出来说，虽然我挣钱不多，也好歹有几个朋友，总算凑了一万块钱，还推荐了一个朋友过来帮忙。

没想到我的困难就这么轻易解决了，我喜出望外，使劲一推门，"啪"的一声，我被惊醒了，我睁眼一看，原来我喝醉趴在桌子上睡着了，刚才一推，把酒瓶子推到地上打碎了。

未来·之三　十字路口

　　老李和往常一样骑着电动车去上班。没想到在十字路口被人拦住，说他的电动车没有登记也没有标记"一丝不苟学校"的钢印，被勒令停车。

　　登记证老李有，前两天社区上门登记过，准备下了班去做标记。但老李拿不出"一丝不苟学校"发的毕业证书，当然打不上"一丝不苟学校"里的钢印。他必须到"一丝不苟学校"去学习，拿到学校发的毕业证书，打上钢印，才能骑车上路。

　　不能骑电动车上班，老李只好打的上班。老李家离厂里不近，每天骑电动车上班也得半个小时，要是坐公交，得一个多小时，赶上上下班高峰期，就得两个多小时，如果不幸遇上堵车，那就只能怨自己命苦了。

为了方便，老李买了一辆电动车。可现在，有了电动车却不能骑，你说老李气不气？都怪那个古镇长脑残，被博士洗了脑，非要让他到什么"一丝不苟学校"去上学。亏他们能想出来！

博士是从美国回来的。博士没想到古镇的交通秩序这么混乱，其混乱程度令他瞠目结舌大跌眼镜。

在十字路口处，按说红灯亮了，不论是汽车、三轮车、电动车、自行车和行人，都该止步。可他看见，汽车停下了，等着变成绿灯再走；可有的三轮车、电动车、自行车和行人，却对红灯视而不见，依旧前行；不仅闯红灯，还和绿灯道的汽车电动车行人抢道行走，非常危险；一辆电动车开得飞快，左突右冲，别的电动车自行车纷纷退避三舍，骂声不绝。

十字路口处的警察也不闻不问，旁边站着的交通协管员，手中拿着一面小旗，也如摆设一般，放任车辆行人自由行走。

博士不解，上前询问警察，警察说，差不多就行了，管那么多干什么？

交通协管员也是这般口吻，我看着呢！不会出事。差不多就行。出了事再去疏导。

出了事再去疏导，那不晚了吗？

博士瞪大了眼睛向他们望去，一个高大魁梧，一个瘦小精干，明明两个人的相貌特征不一样，怎么都是差不多先生？

博士找到镇长，在镇上办了一个"一丝不苟学校"，让镇上的人到"一丝不苟学校"里去上学。如果没有"一丝不苟学校"发的毕业证，工人不能上班挣钱，老师不能上班教学生，警察不能上岗执勤，电动车、三轮车、自行车不能上街骑行。

没办法，老李硬着头皮重新上学。到了学校一看，这里采用电脑教学，老李还不会用电脑。老师教老李学电脑学打字。老李记不住五笔，老师又教他学拼音打字，打得老李头晕眼花打瞌睡。

老李不耐烦了，差不多就行了，干吗那么认真？

可"一丝不苟学校"一点也不马虎，真的是一丝不苟，还是耐心教老李学习。别人学得都挺认真。老李也下了决心，查字典问老师，也学会了简单地打字，学会了用电脑。

学了一阵，老李又坚持不下去了，人到中年，上有老下有小，每天忙得团团转，哪里有时间泡在学校里？就是小时候上学，也没现在这么用功。老李想混个文凭草草结束，请老师吃饭贿赂老师，遭到老师的严词拒绝。这还不算，还给他延长了学时，惩罚了他。

老李终于拿到了毕业证书。这次重新学习，让老李受益匪浅。不仅拿到了毕业证书，还学会了用电脑、在电脑上打字，并且提高了自己的语文水平。最最关键的是，重塑了老李的做事态度，他也一丝不苟了。

老李发现，镇上的交通秩序好多了，再经过十字路口，警察指挥交通很负责，交通协管员口中的口哨声此起彼伏，严厉地向行人发出警告，不停挥舞着手中的小旗，行人也不好意思抢着过马路了。

老李不禁奇怪，光靠一个"一丝不苟学校"就能这么管用？他向人们打听。原来不光是一个学校，监督管理才是最重要的。如果警察不负责任，在他管辖范围内出了事，不仅扣罚工资奖金，还得重新到"一丝不苟学校"上学。

老李终于可以骑着电动车上班了。走到十字路口，又被人拦住了。交通协管员问他有没有安装限速器。老李指着限速器说，早就装上了。

瞬 间 视 界

新　　生

新生昨晚一夜未眠，刚睡着就被一声开门声惊醒了，虽然声音很轻，他还是听见了，母亲又悄悄地起来做早饭了，他也连忙起来和母亲一块儿包饺子。

煮好饺子端到了桌上，母子二人坐到饭桌前谁也不动筷子。母亲叫新生吃，新生叫母亲吃，最后两人同时拿起了筷子。新生拿起筷子夹饺子，却发现母亲坐在那里目不转睛地注视着自己没动筷子，连忙问道，妈，你怎么不吃饺子？来，一块吃。说着从桌子上拿起筷子递给母亲。

母亲摇摇头，我不饿。你先吃吧，我看你吃就行。

那怎么行？你不吃我也不吃。新生撒娇般地把筷子也放在了桌上。

这孩子，叫你吃你就吃，哪儿这么多事。母亲说着，只好拿起筷子夹了一个饺子放进嘴里，眼里的泪水却止不住地淌了下来。

新生也默默地扒拉着碗里的饺子。

忽然，母亲剧烈地咳嗽起来，饺子卡在嗓子里咽不下去吐不出来，顿时脸色青紫，上气不接下气。慌得新生连忙给母亲捶打前胸后背，又倒了一杯水给母亲，把药吃了，母亲这才缓过劲来。

新生一边用纸巾给母亲擦拭脸上的泪水鼻涕，一边关切地问母亲，好点没有？

母亲长长地出了一口气，好多了。老气管炎了，一着急就这样。没事。我只是想起了旭东……

旭东哥也……

你旭东哥走时连饺子也……母亲说着又抹起了眼泪。

妈，您要是这样，我旭东哥心里一定不踏实，走得也不安心。

新生跪倒在母亲的面前，妈，您放心！我的生命是旭东哥给的，旭东哥的母亲就是我的母亲，旭东哥的责任就是我的责任。您永远都是我的亲生母亲！我会侍奉孝敬您一辈子！

这时，远处隐隐约约传来汽车的声音。母亲连忙把新生拉起来，这孩子，说什么呢？妈当然信你。时间不早了，快点吃吧。

新生又拿起了筷子。

汽车声越来越近，汽车喇叭也响了起来。

母亲说，新生，准是他们催你走呢，你快多吃上几个。

新生说，妈，我吃不下去了。我该走了。

嘀嘀！

嘀嘀！

喇叭声越来越急。新生背起了书包，妈，我走啦，您自己要多多保重。

你放心吧。到了一定给我打电话。啊！

新生点点头。母亲又匆忙把盘子里的饺子装进食品袋塞进新生的书包里。

外面的喇叭声再次响了起来。

母亲把新生送出门外。

新生向母亲告别，妈，您快回去吧。我一定回来……活着回来……

新生说不下去了，从怀里掏出昨晚连夜编织的红色中国结挂在母亲的胸前，坐进汽车。车内收音机里的声音也渐渐远去：今早8点，龙城的志愿者们，将奔赴震区……

　　母亲正坐在家中沉浸于回忆，泪水不知不觉流下来，流了一脸。恍惚中她突然听见有人喊妈，不觉一愣，难道是新生舍不下我这个孤老婆子又回来了？又感觉声音不像是新生，忽然她哑然一笑，是自己舍不下新生想的吧？

　　妈！

　　这回听得真真的，是有人喊妈。

　　母亲走出家门，看见一个陌生小伙走近，不禁狐疑，你是……

　　妈，我是被新生哥救出来的孤儿……

鹏鹏的爸爸

鹏鹏家进小偷了!

鹏鹏和妈妈在姥爷家住了两天回来,进了大院,走进小院,妈妈掏出钥匙开锁,发现锁子是开的。妈妈有些奇怪,是我走时没锁?不可能啊!我记得锁住还用手拽了拽,怎么会没锁呢?

鹏鹏说可能是你记错了,忘锁了。

妈妈说也许吧。

他们进了小院,妈妈掏出钥匙开门,却发现门是开的,肯定是进了小偷了。他们急忙进屋,大吃一惊,家里乱糟糟一片。地上、沙发上,到处扔着衣物。经过检查,家里没丢什么东西，其实家里也没什么值钱的东西，自然不会被小偷看上，只是家里被翻得乱七八糟的，让人闹心。

爸爸不见了！

鹏鹏惊叫一声，瘫在凳子上。鹏鹏发现桌子上摆的爸爸的相片不见了。鹏鹏的爸爸在省城上班，因为离家远，爸爸很少回家，鹏鹏就很难见到爸爸。他只能从妈妈和别人的谈话中、报纸上、电视上看到爸爸的身影，听到爸爸的声音。所以爸爸的相片就格外珍贵。被鹏鹏摆在桌子上，上学前看一眼，睡觉前看一眼，趴在桌子上写作业就能时时看到爸爸，爸爸也能时时监督鹏鹏学习。

爸爸复建了"云冈石窟雕像"、爸爸修缮了"王家大院"、爸爸拆了省城公路、爸爸拆了城中村……

一桩桩、一件件，爸爸的消息不断从省城传来，鹏鹏为爸爸感到骄傲，鹏鹏为爸爸感到自豪，鹏鹏被爸爸感动，并且下了决心，一定好好学习，长大后像爸爸一样，圆自己心中的梦想，展现自己的宏伟蓝图，实现自己的理想抱负。

可现在，爸爸的相片不见了，气得鹏鹏一蹦三尺高，大骂小偷不是人，是强盗，把小偷的祖宗八代也骂上了。然而，小偷已经逃之夭夭，没有留下一点蛛丝马迹，到哪儿去找？

鹏鹏把桌子上的书本翻了一遍，没有爸爸的相片；妈妈把沙发上的衣物找了一遍，没有爸爸的相片；鹏鹏在地上一件一件查找，妈妈在地上一件一件收拾，地上已经被妈妈清理干净，还是没有找到爸爸的相片。

爸爸的相片只有这一张。爸爸平时很少照相，这一张也是才刚照的。想要重新洗印一张爸爸的照片，也没有底版。怎么办？

好友明明想办法给他洗了一张，鹏鹏把爸爸的相片重新放进相框里，摆在桌子上。

一次，同学亮亮来找鹏鹏，发现鹏鹏爸爸的相片，问鹏鹏，这是你爸爸？

鹏鹏自豪地说，是我爸爸，帅吧？

亮亮仔细端详着相片，一会儿看看鹏鹏，一会儿看看相片，是挺帅，不过，怎么看着你们长得不像？

鹏鹏有点不自然，我长得像我妈。

亮亮摇着头，最起码应该有一点像的地方。

鹏鹏涨红了脸，就是我爸爸！

亮亮还是摇着头，不像，一点也不像。

鹏鹏提高了嗓门，像和人吵架似的，就是我爸爸！就是我爸爸！

亮亮看见鹏鹏着急，有些奇怪，好好好，是你爸爸，是你的爸爸。我又抢不走，你急什么？

　　一天，亮亮和瑞瑞说起了鹏鹏的爸爸，说鹏鹏和他爸爸长得一点也不像。

　　不像？瑞瑞不屑，简直就是一个模子里出来的，长得一模一样。

　　我在他家看见他爸爸的相片，就是一点也不像。

　　你肯定是看错了。

　　没错，我还问鹏鹏，他说是他爸爸。同时羡慕地说，如果我也有一个在省城上班的爸爸该有多好。

　　瑞瑞瞪大了眼睛，你说鹏鹏的爸爸在省城上班？

　　是啊，鹏鹏自己说的。

　　据我所知，鹏鹏的爸爸早就不在了。

　　不在了，去哪儿了？

　　他爸爸在他小时候不知为什么住了监狱，死在了监狱里。

　　那在省城上班的人是谁？

　　不知是谁，但肯定不是鹏鹏的爸爸。

　　明明听见他们在议论着什么，凑到跟前问道，你们说什么？

　　亮亮说，我们在说鹏鹏的爸爸。

　　鹏鹏的爸爸怎么了？

他爸爸明明死了，他为什么要说在省城上班？

这个呀，我知道。鹏鹏的亲爸爸死了，鹏鹏的偶像爸爸在省城上班。

偶像爸爸？

那是谁？

省城的王市长。

王市长？

王市长和鹏鹏结成了对子，每年给鹏鹏寄钱。

追车的人

张山追着一辆卡车跑着，人声的嘈杂全然没有干扰到他，他的注意力随那颗热情跳动的心，全被吸引到了渐行渐远的汽车上。

张山是我的邻居，也是我的发小，他追着的汽车，是我爸开的。我爸是厂里的司机，有时把车开回大院，张山就会凑到车前，前后左右地转圈。眼睛里瞅着、手摸着，看见哪里不干净，便从家里端出一盆水，拿块布擦起来。

我爸非常喜欢张山，笑眯眯地望着他，让他坐进汽车，教他开车。

张山长大后上了班，却没圆了开车的梦，而是在车间里当一名工人。当了工人的张山，并未减弱他对汽车的喜爱，有空就到厂里和司机们聊聊天，有时也上车练两把，过过开车瘾。

单位不景气，张山和老婆下了岗。别人都愁以后的日子怎样过时，张山却在四处打听出租车的行情，后来他考了驾照，向人借钱买车跑出租——终于有了自己的车。

"黄面的"真正开进院子里，张山的眼睛可就不够用了。这里瞅瞅，那里望望，一会儿打开前盖看看，将里面的零件一件一件地检查一遍，擦洗一遍；一会儿又走到后面，把东西都取出来，把里面用笤帚打扫一遍，再用毛巾擦三遍，然后一件一件地再摆好放好；一会儿又用手按按轮胎，一会儿又坐进驾驶室，擦起了方向盘。

明媚的阳光照在车上，车沐浴在阳光里，倒车镜里映着张三笑眯眯的脸庞。

这是一辆跑了三年的车，车况还算不错。院子里的人们都围过来观看。我爸逗着张山："这回不用追着我的车跑了吧？"

张山咧着嘴笑了。人们说，人家这回是开着车跑呢！

每天清晨天还没亮，张山就开上洗净的车出发了，中午有时忙得顾不上吃饭，直到下午三四点钟，张三才回家吃饭。我说他悠着点，身体是革命的本钱。他说舍不得。

听张山说，有一天晚上，几个外地人坐车，不仅不给车钱，还动手打他。张山气不过，和他们吵了起来，没想到其中一个人，竟然掏出刀子，多亏这时后面过来一辆警车，吓跑了这伙歹徒。

我十分感慨，干啥都不易啊！

跑了几年，没想到"面的"车要报废，全部换新车！那几天，我看见张山闷闷不乐，我都到点该上班走了，他的车还停在院子里。是啊，这是张山买的第一辆汽车，就像是张山的初恋。这辆车上，有张山的梦想，张山的欢乐，张山的艰辛，张山的无奈，张山的自豪……

恋恋不舍地送走了"黄面的"，张山开回来一辆崭新的红色捷达车。捷达车比"黄面的"先进，比"黄面的"漂亮，更重要的是，捷达车里安装了 GPS 卫星定位系统和造型美观的防护网，比"黄面的"安全可靠。

我问张山："还是新车好吧?"

张山微微一笑："那我也忘不了'黄面的'。"

那是。

现在的张山，搬出了平房，住进了高层。每天开着红色捷达车，行走在太原市的大街小巷。再不会因为想不起理工大在哪条街上而发愁；再不会为哪家饭店在哪里而着急。他会给乘客介绍太原市的名胜古迹，他会告诉乘客哪里有太原市的特色美味，他还会把乘客落在车里的手机、钱包等东西送还给乘客或交到公司。

　　张山，一个追车的人。

永恒的瞬间

黎明时分，天空中起了大雾，雾越来越浓，像倭寇的炮，像倭寇的刀。

倭寇已过嘉兴！倭寇横渡太湖！倭寇向吴江扑来！苏州城外已经发现倭寇！

城门上，官兵紧闭城门，严阵以待，随时准备向倭寇反击！

城门下，数万难民绕城而哭！有的人背着包裹，有的人扶老携幼，他们拥在城下，请求官兵开门进城，以求躲避倭寇的杀戮。

一个白发苍苍的大爷，在城下仰望着城头，沙哑着嗓音呼唤着他的儿子："根根啊，快给爹爹开门。一会儿倭寇来了，我和你娘、你哥哥姐姐可就都活不了了。啊？"

叫根根的士兵被一位士兵拦挡着："你不能开门！你一开城门，万一倭寇混进城来，那还了得？"

根根气急："我的爹娘困在城外，随时都有生命危险，我就看着不管？"

"你不能开城门！"

"我就要开！"

"住手！"闻讯赶来的知府大人喝住二人。问明原委，严厉斥责根根："不能开门！你看不见大雾迷漫难辨敌我？你能分辨得清谁是难民谁是倭寇？万一倭寇进城，就连城内的百姓也要遭殃！"

"我的爹娘就等着让倭寇杀害？"

"那也没有办法。"

"我不干啦！当什么鸟兵？连自己的爹娘家人都保护不了，还护什么城？"根根说着，把身上的武器解下，就要脱军服。

"这话问得好！"远处过来一位骑马巡城的大人，接着根根的话说："我们的衣食俸禄全是父老同胞供给，岂能置父老乡亲的生死而不顾？我们的责任就是保护我们的家人，保护我们的兄弟姐妹！出了事我负责！"

这位大人力排众议，说服巡抚大人，打开城门。数万难民得以进城，瞬间死而得生。

尾随而至的大队倭寇，妄想乘机冲杀进城，遭到守城军兵的猛烈反击。倭寇头目眼看难以进城，排开火炮展开攻击，一发发炮弹飞向了城头。突然，一发炮弹落在了巡城的大人身边，一片火光顿时燃红了雾色的天空……

三天后，暴雨倾盆而降，如泣，如诉。

白幡条条，暴雨阵阵。成群结队的人们，打着雨伞、披着蓑衣、戴着草帽，扶老携幼，在"一代名将抗倭英雄任中华"的墓前冒雨跪拜，人们叩谢着一次次的救命恩情，撒落的一串串纸钱，寄托着一份份哀思……

红 蝴 蝶

太姥姥要我去周庄，找一位红蝴蝶的后人张大宝，以报红蝴蝶当年救太姥姥先人阿英的大恩。

红蝴蝶是什么人？我急不可耐地问太姥姥。太姥姥陷入回忆中，给我讲述了一段红蝴蝶的故事。

那一天，太阳落入西山里，夕阳照着窗外血样红。两个喽啰守门外，门内阿英心儿慌。绑在椅上悔断肠，悔不该，慌不择路上了当，生死未卜赛油烹！

自小年幼父母亡，班主收留把戏唱。一晃长到十七八，花儿一朵赛貂蝉。不爱财来不爱权，单单爱上了大师哥。不料想，位高权重的曹大人看上了她，要娶阿英当八姨太。

一朵花，插牛粪，阿英誓死不从他，怎奈班主惹不起，师哥找曹大人拼命被抓进牢。阿英从戏班逃出来，误上贼船进了海盗的窝。

看他们，一身黑衣短打扮，上面绣着蝴蝶花，莫不成，就是海上最大的蝴蝶帮？早闻听，海上有一蝴蝶帮，帮主是女不是男，被人称作红蝴蝶。飞到东来飞到西，飞到葡萄牙人船上斗葡萄牙兵。一个人，一群人，红蝴蝶定死无疑吧？谁承想，一条火龙鞭硬是舞出了邪，红蝴蝶不仅打败了葡萄牙人，还缴获了葡萄牙人船上的货物！只是脸上留下了一道长长的疤，和她的鞭子一样吓死人。

火龙鞭，赛长蛇，能屈能伸花样多。大战黑蝴蝶双刀几百回，海上打，岸上战，打到床上成夫妻。两个魔头合起来，杀人放火不眨眼，抢夺财物逞凶顽。不用说自己一个弱女子，就是那些当官的，也对他们束手又无策。不知红蝴蝶如何发配她，阿英心一横来不再抖。罢！罢！罢！人的命天注定，该你死时活不了，该你活时死不了。

忽听门外一阵脚步声，门外喽啰音变调，大当家的来了？大当家。

一个女人厉声问，二当家抢来的女人关在这？

在。在。在。

门打开，女人进，威风凛凛站眼前。只见她，黑衣黑裤黑绣花鞋，一朵红蝴蝶胸前飘，腰间缠绕鞭一根。俏脸上，一道长长的疤痕特显眼，让人瞅着浑身颤。这就是，让人闻风丧胆的红蝴蝶？

红蝴蝶走到阿英面前，和颜悦色对她讲，小姑娘，不用怕，我这就放你去回家。一边问阿英上船的经过，与小喽啰核实，一边给阿英解绑绳。

阿英不知是真假，恍若置身戏台上。红蝴蝶看着阿英道，你若不信一会儿我亲自去送你，哪个敢拦杀无赦！

喽啰闻听吓破了胆，吓死我们也不敢。

红蝴蝶让阿英等一会儿，旋身一转冲出门，她要当面质问二当家。

过一会儿，有人来，吵吵嚷嚷乱哄哄，不得了！不得了！大当家的打跑了二当家！阿英闻言也吃一惊，侧着耳朵听端倪。二当家背着大当家抢自己，大当家问清怒火烧，和二当家的打起来，卧室打，客厅打，打出门外海上打，二当家的跳上一只船，离开蝴蝶帮离开大当家。

一人说，大当家的打二当家，是因为二当家的背叛了大当家。

一人讲，大当家的打二当家，是因为二当家的不守规。大当家的再三令，铁的纪律才能打造一支硬船队。不许抢女人，不许抢小孩，不许抢穷人。二当家的犯了规，大当家的没杀他，是报他从葡萄牙人手中救出的救命恩。换作我们这些人，早就咔嚓一声要了命。

想不到，蝴蝶帮还有这规矩？红蝴蝶要送阿英回周庄，她才是土生土长周庄女。阿英苦笑一声没有家，只是不知我大师哥怎么样？红蝴蝶安慰阿英道，你现在回去还不安全，我派人给你打听你大师哥。

忽一日，探子报，曹大人和葡萄牙人、英国人组成联军攻打蝴蝶帮，肯定是二当家的投降把官兵引，人人骂二当家的忘恩负义不是人，不是大当家的救了他，早已被官府砍了十次头！

怎么办？十面埋伏入困境，人心大乱阵脚危。

红蝴蝶，不着慌，沉着镇定指挥忙。发射英国最先进的炮弹，驾驶最快的战舰，与联军激战三天，第三天的晚上，联军后方突然乱，蝴蝶帮趁势冲出包围圈。原来是，受过红蝴蝶恩惠的渔民自愿组织起来助蝴蝶帮。阿英一眼瞅见了二当家和大师哥，原来是二当家的救了蝴蝶帮和自己的大师哥！

红蝴蝶后来怎么样？

　　后来阿英和红蝴蝶分了手，离开了周庄。有人说她们仍然在海上与官府作战逍遥自在，在一次战斗中战死；有人说她和黑蝴蝶一起被官府抓住被杀。他们的儿子张大宝也下落不明。

　　我打点行装，登上了去周庄的列车。

祝你生日快乐

今天，爸爸终于有时间和龙龙一起过生日了。

爸爸忙，爸爸总是在忙。每天，龙龙放学回家，写了作业，吃了晚饭，看一会儿电视，还是等不到爸爸回来，等他睡着了，也不知什么时候，爸爸就回来了。早晨一睁眼，龙龙醒来一看，爸爸又走了。龙龙奇怪，和爸爸一起上班的叔叔大爷、阿姨婶婶，都没有爸爸这样忙啊。

龙龙记得过七岁生日时，他和妈妈在家里等爸爸。妈妈已经买好了生日蛋糕，炒好了几盘菜，包好了饺子，就连锅里的水也开了好几遍了，爸爸还是没有回来。

妈妈说，你爸爸工作忙，咱们不用等他了，咱们自己吃吧。说着，给龙龙放起了音乐，"祝你生日快乐"的欢快歌曲，顿时响在了客厅。

再等等吧。龙龙早已饿得前心贴在了后背上，还是硬撑着，爸爸答应过我，今天一定会回来给我过生日。

等了一会儿，龙龙实在饿得不行，拿起了筷子。他伸出筷子刚夹了一片肉，门铃响了。

爸爸回来了！龙龙兴高采烈地扔下筷子，跑去开门。进来的人不是爸爸，却是一个陌生的女人。

女人一进门就吵吵嚷嚷，说她的过渡费给少了给得不合理，她要找爸爸讨个说法。不一会儿，爸爸回来了，一直给女人解释，女人终于缓和了情绪，转怒为喜，满意离去。

龙龙八岁生日那天，爸爸向龙龙保证，一定回来给龙龙过生日。龙龙不信，和爸爸拉钩约定，说话不算数是小狗。爸爸满口应允尽量回来。到了晚上，爸爸还是没有按时回来。龙龙说爸爸说话不算数，是小狗。

妈妈一再劝解龙龙，你爸爸在忙工作，爸爸的工作重要，是不是？

龙龙不高兴了，爸爸的工作重要，我的生日就不重要了？

妈妈说，龙龙的生日也重要。但是，龙龙的生日明年还能过，爸爸工作上的事情，有的事情必须今天解决，不能放在明天，龙龙是理解爸爸的，是不是？

龙龙噘着嘴不说话了，心里还是一百二十个不满意。

这时，有人按响了门铃。龙龙以为肯定是爸爸回来了，谁知进来一个男人找爸爸，说爸爸在建"杜家大院"时占用了他的房子，他来找爸爸要房子，如果爸爸给不了他房子，他就要住在龙龙家。龙龙生气了，我家的房子凭什么让你住？妈妈急忙把龙龙拉回了书房。不一会儿，爸爸回来给男人解释，说服了男人，离开了龙龙家。

龙龙九岁再过生日，不再奢望爸爸给他过生日了。

没想到，龙龙不等爸爸，爸爸自己却回来了。不过，爸爸不是自己走回来的，而是被王叔叔搀扶着进了家门。王叔叔说，爸爸同时拆除了五条公路，也封闭了五条公路，要保证五条公路同时按期完工，时间紧任务重，爸爸又忙又累，在工地上视察时，晕倒在工地上了。王叔叔要送爸爸到医院，爸爸不让，爸爸说休息一会儿，吃点药就好了。爸爸这次晕倒，是第八次晕倒了，王叔叔劝说爸爸，一定要到医院看看。爸爸嘴上应允着，第二天早晨，一个电话，又把爸爸叫走了。

今天，爸爸终于不忙了，终于有时间和龙龙一块过生日了。龙龙和妈妈摆上了生日蛋糕，摆上了肯德基，摆上了爸爸最爱吃的猪肉韭菜馅的饺子，摆上了筷子、酒杯和酒瓶子。

龙龙跪倒在爸爸的墓前，给爸爸磕了三个头，端起妈妈递给他的酒杯，对爸爸说，爸爸，今天是你的生日，我和妈妈来给你过生日。说完，龙龙把杯子里的酒撒在爸爸的墓前。

龙龙夹起饺子对爸爸说，爸爸，我现在也学会包饺子了，我给你包了饺子，你尝尝龙龙包的饺子香不香？龙龙包的饺子虽然不如妈妈包的饺子好看，你也原谅儿子吧，说着说着，龙龙的眼泪不由自主地淌了下来。

妈妈站在一旁直抹眼泪。

龙龙给爸爸唱起了生日歌：祝你生日快乐，祝你生日快乐……

龙龙，咱们走吧。妈妈拉起了龙龙。

妈妈，我以后再也看不到爸爸了，我想多看爸爸两眼，就两眼。

谁说的？

爸爸立时站在了龙龙的面前，爸爸在龙龙的眼睛里，爸爸在龙龙的脑海里，爸爸在龙龙的灵魂里。

分分秒秒的担忧

母亲在厨房里忙活了半天，把炒好的菜一盘盘端出来，放在桌上。坐在桌子旁等待女儿和老公回来吃饭。

母亲抬起头，看了看墙上挂的石英钟表，都 6 点 30 分了，女儿怎么还不回来？

母亲打开电视，一边看电视，一边等他们回来。听主持人说，今天是母亲节，母亲这才恍然大悟，哦，女儿肯定是给自己买礼物去了。

想到礼物，母亲的脸上露出了幸福的笑容。她从抽屉里取出女儿往年送给自己的礼物，心里乐开了花。

一朵小红花。这是女儿在上幼儿园时背诵唐诗在班上获得了第一名，老师奖给她的小红花，女儿在母亲节这天把这朵小红花送给了妈妈，女儿说，她能背诵唐诗，全是妈妈教得好，这朵小红花，当然有妈妈的一份。

一张祝贺卡，上面画着一个大大的蛋糕，蛋糕上面写着几个大字：祝母亲节日快乐！这是女儿上小学一年级时刚学会了画画，画了好几天才画好的，送给母亲的节日礼物。

这是一张精美的贺卡。女儿报名上了书法班，女儿用毛笔在上面用隶体字写了几个大字："祝母亲节日快乐！"那字写得，钩是钩，撇是撇，捺是捺，亲戚邻居们看了，无不交口称赞。

今年，今年女儿会给自己什么样的礼物呢？她陷入了沉思。

"嗒嗒嗒"一阵上楼梯的脚步声传来，她一阵惊喜，肯定是女儿回来了，她急忙打开门观瞧，哦，原来是五层邻居家的女儿回来了，她失望地掩上了房门。

已经 6 点 45 分了，女儿怎么还不回来？真是急死人了！会不会去网吧玩去了？那网吧可不是什么好地方，有好多孩子在那里玩游戏，不仅影响了学习，还编着谎话向大人骗钱，甚至有的孩子还开始偷家里的钱去悄悄地上网。女儿要是去了那里可怎么办？

她越想心里越是不安，她想打电话给老公，让他到校门口去找找女儿。后来转念一想，现在，早就过了下学时间，也许女儿本来只是到商店给自己买礼物，晚点回家，她爸爸要是到校门口一问，反而给人留下一种女儿不是乖孩子的印象，坏了女儿的名声，岂不是因小失大？

还是算了吧。

7 点了。她听见楼梯上传来了脚步声，开门一看，是楼下三层的儿子放学回来了。

7 点 30 分，有人上楼敲门，她打开门一看，是四层邻居家的男人回来了，她把房门轻轻一关，心里更是忐忑不安。

她焦急地在家里走来走去，索性把电视也关了，省得闹心。

终于，听到了楼梯上的脚步声，她打开房门一看，是老公回来了。

她接过老公的公文包，一边关门一边诉说，都这么晚了，女儿还没有回来，你是不是出去找找？

老公没说话。

她追着问他，你是不是去找找看？看你不急不慌那样，好像不是你的女儿似的。

老公大概在单位不愉快，说话有点冲，你让我到哪里去找？

她一听也生气了，你说去哪里找？还不是学校门口，女儿同学家里？能到哪里找？

老公耐心地劝她，咱们女儿早在三年前就遭遇车祸走了。你怎么还不肯相信？

你不想去就算了，你胡说什么！女儿好好的，你怎么咒她呢？

都三年了，你怎么就不肯面对现实呢？

留点自信在心中

你捧着大学录取通知书，在大马路上跳了起来！周围的人都用异样的目光瞧着你，你才不会在乎呢！清华大学，你也能考上?! 你好像做梦一般，简直不敢相信自己的眼睛！你使劲地揉了揉眼睛，再次细细地端详着通知书：梦幻般的、非常美丽的、好多人梦寐以求的通知书，真真切切地捧在了你的手中！

原来，自信可以成就梦想！你由衷地感激王老师对你的鼓励和支持。

在你上五年级的时候，班上忽然来了一位新的语文老师，姓王。老师的去留，你根本不会介意。老师都认为你不聪明、不上进、不讨人喜欢，甚至认为你是老师的负担，让老师讨厌。久而久之，你索性破罐子破摔，不学了！在学习上处处落在人后的你，玩起游戏来却得心应手，号称"游戏大王"。只有在那里，你才能找到自信，找到胜利后的喜悦。

父亲在打你骂你均没有效果之后，对你彻底失望，不再搭理你，父子二人见面如同仇人一般；母亲在苦劝诱导都如瞎子点灯白白浪费蜡烛时，也放弃了对你的管教。你在家里，就像一个多余的人，父母只对妹妹好，给妹妹买肯德基，给妹妹买新衣服，对你不理不睬，你倒也乐得无人打扰清静自在。

王老师却不这样认为。他从你的一篇《我的理想》的作文中，透过没有分段、标点都是感叹号的文章中，看出你的作文水平实在不敢恭维；他从你把"自信"写成"自心""顶尖游戏高手"写成"定见游戏搞手"中发现，在你的心中还埋藏着一颗要求上进的心，你并不是不可救药。

在你资助了贫困生二十元钱后，王老师当众在课堂上表扬了你。你万万没有想到，一向挨批受罚的你，竟然会受到老师的表扬！你的眼泪瞬间涌出！

你回到家里，一反常态没有打游戏，写起了作业。让母亲瞪大了吃惊的眼睛，然后抿着嘴到厨房给你炖排骨去了；妹妹调侃你说，游戏大王改行了，被母亲制止；劳累了一天的父亲下班回来，看见你坐在桌子前面写作业，乐得打开了酒瓶子。

你的学习成绩逐渐提高，在老师和同学们的惊奇中，游戏大王变成了进步学生。你感到了自豪，对自己有了信心。只在语文课上有进步的你，被王老师看在眼里，喜在心里。王老师肯定了你的努力后，要你相信自己，树立远大理想。

王老师给你讲了一个青年人靠自信成功的故事。有一个青年，准备报考美国大学的戏剧电影系时，遭到了父亲的坚决反对。一个普通的中国人，想要在美国的电影界出人头地谈何容易。不用说你人生地不熟，就是美国的青年也未必就能功成名就。青年固执己见，执意去了美国。经过了六年多的等待，仍然毫无建树。只能在剧组里帮人看看器材、做点剪辑之类的杂活。都三十多岁了，连自己的生活都要靠妻子来维持。他对自己的选择犹豫了，对自己失去了信心。在人们责备的眼神中开始了退缩。他学起了电脑，准备改行。他的妻子鼓励他不要灰心，振作起来，坚定自己的信念。他重新找到了自信，毅然把电脑课本扔进了垃圾桶里。经过努力奋斗，他终于获得了大奖，举起了奥斯卡小金人。

受到启发的你，给自己定下了一个一般人连想也不敢想的目标——清华大学。一个中国人在美国那样先进的国家里，都能坚持自信获得成功，一个中国的名牌大学，难道都不敢报考吗？

有志者事竟成！你终于靠自信靠努力考取了清华大学，拿到了名牌大学的录取通知书。对于一个后进学生来说，留点自信在心中，才会成就梦想，才会如愿以偿。

我和春天有个约会

    春天到了，路边的小树绿了，花园里绿叶中的红花粉花开了，天上的小鸟轻盈地飞来飞去，地上的孩子快乐地追逐嬉戏，空气里到处弥漫着春天的气息，我和春天的约会也到了。

    春天姓李，是我班上的一个学生，她的右手在小时候被烫伤过，圆饼一样的手掌、指甲盖一样长短的手指，使她非常自卑。常常将右手掩藏在衣服袖子里面，或者是书包后面，或者是书本下面，躲得同学远远的，更不敢在众人面前坦然亮相。

    李春天是个爱学习的女孩，学习成绩也不错，而且从她的谈吐中，也能看出她是一个博学多才、积极上进的女孩子。

一天，李春天到办公室找我解答问题，我给她讲解完后看到了窗台上的一盆芦荟，我问她，你看我这盆芦荟好不好？

花盆里的芦荟素净淡雅，它没有左边那盆正在开放红花的君子兰花绚丽，也没有右边那盆仙客来美丽，在盛开的花卉中，这盆芦荟是那样貌不惊人，是那样默默无闻，也是那样不引人注意。

李春天看了一会儿，很普通嘛。

不错，这盆芦荟的确很普通，既不开花（这种花开花很少）也不耀眼，在众多花中并不起眼，但它并不自卑，充满了自信，因为它的作用非常大，既有药物作用，还有美容作用，用途非常广泛。

就像你。我话锋一转，虽然在同学们当中默默无闻，是因为你没有发现自己的优点，没有挖掘自己的能量，所以你自卑，你不自信。当你在某一天，突然发现了自己的另一面，你就会不再自卑，对自己充满信心。

是吗？她若有所思地离开了办公室。

我开始慢慢地锻炼她，在课堂上向她提问，让她和同学们多交流沟通。经过一段时间，我发现李春天不再像以前那样自卑，和同学们在一起也有说有笑了。

每年春天，学校都会举办春季运功会。我突然有一个大胆的想法，想让李春天参加春季运动会。

运动会？我能干什么？李春天瞪大了眼睛。

什么也行呀！比如跑步，你不会吗？

倒是会。李春天小声嘟囔着，在那么多人面前？不行。不行。李春天连连摇头。

你没试过怎么知道不行？

不行不行。李春天逃也似的跑回了教室。

我望着她的背影摇摇头。看来，还得慢慢来。

一连几天，李春天都躲着我走，上课时也不敢看我。过了一段时间，终于鼓足勇气对我说，要不，我到时试试？

我相信你行。

春天到了，春季运动会也即将开始，同学们开始陆陆续续地报名，李春天站在门后犹豫再三，我看到也装作没看到，还是让她自己决定吧。

终于，李春天鼓足勇气报了名。

运动会开始了，各个赛事进行得如火如荼。李春天报的是两百米跑步。她站在起跑线上，穿着运动服装有些不自然，两只手紧紧地攥在一起。随着裁判老师的枪声一响，李春天的羞涩一扫而光，拼命地向前奔跑。

　　一开始，她落在了人们的后面，随后就看见她奋起直追，开始了超越，她超过了第三名，她超过了第二名，紧接着又超过了第一名，她竟然获得了两百米跑步第一名！

　　同学们冲上去围住她纷纷向她祝贺，我也激动地不能自制，望着李春天红彤彤的脸庞，花园里的那些红花粉花顿时黯然失色……

爸爸的星星

蕾蕾回来了？你看见贝贝没有？

蕾蕾，你在回来的路上，有没有看到或者听说哪里发生了车祸？

这个贝贝，下了课到现在还没回家，真把人急死了。蕾蕾，你去找找贝贝吧？

找贝贝？蕾蕾的眼眉向上一挑，眼眉陡立，双眼像一把利剑，射向男人，你让我去找贝贝？

男人看着突然变脸的蕾蕾，不知所措。

蕾蕾刚进院门，还没走进家门，爸爸就向她发出一连串的问题，张口贝贝闭口贝贝，全是那个女人的儿子贝贝！

而她这个亲生女儿，他没有问过她一句！

她的眼泪在眼眶里打转，被她硬给逼了回去，蕾蕾反唇相讥，贝贝不是你一直抱着的吗，你怎么把他抱丢了？

你！爸爸瞠目结舌，像不认识女儿似的打量着女儿。因为挂念贝贝，顾不上和女儿理论，吩咐女儿，你先回家，我去找找贝贝。

她向他离去的背影瞄了一眼，返回了学校。

他现在怎么变成了这样？她的眼泪瞬间涌出！她的母亲早逝，父女二人相依为命，那时的爸爸对她真好。含在嘴里怕化了，捧在手里怕掉了，不会让她受一丁点儿的委屈。记得有一次，她在燕燕家里和燕燕玩耍，玩了一会儿她就回了家。燕燕的糖盒不见了，非说是她拿了，到她家找她爸爸。爸爸问了蕾蕾在燕燕家玩耍的经过，非常坚持地对燕燕妈妈说，蕾蕾说没拿就是没拿，我相信蕾蕾。结果燕燕后来在家里找见糖盒，由妈妈领着来向蕾蕾赔礼道歉。

晚上，蕾蕾和爸爸在月光下看星星。爸爸指着天上的星星对她说，每个人，就像天上的星星一样，都会放射出自己特有的光辉。即便被乌云暂时遮住，乌云过去，这颗星星依然会发光发亮。她指着天上最大最亮的那颗星星说，那是爸爸，爸爸旁边那个小星星就是蕾蕾。

谁知爸爸却说，蕾蕾就是那颗最大最亮的星星，蕾蕾是爸爸眼里的星星，最大最亮的星星。

如今，蕾蕾不再是爸爸的星星，爸爸不再爱她了，爸爸的眼里，只有那个贝贝！

前几天，宿舍里的梅子丢了一百块钱。宿舍里有四个女孩，二兰是富二代，一百块钱在她眼里和一块钱差不多；玉竹是城里女孩，爸爸妈妈都在上班，听说工资还不少，玉竹每个月的零花钱总是绰绰有余。只有她是从村里出来的，爸爸在城里打工，把她也带了出来，让她在城里上学。家里不富裕，常常是捉襟见肘入不敷出。但是，贫穷不是小偷的代名词。她根本没拿梅子的一百块钱，如果需要，她会向她们借钱，怎么能偷钱？可宿舍里的人都认为是她偷了梅子的一百块钱，那鄙视的目光，如锥如刺，令她心神不安坐卧不宁。

周末回家，本来想跟爸爸诉说心中的委屈，谁知爸爸一味挂念贝贝，让她更觉委屈，越想越气，索性放声哭了起来。

再过周末，她便不再回家，那样的家回去做什么？只会添堵，还不如自己一人在宿舍里待一会儿。

不料，有人说她爸爸在校门外找她！在宿舍里磨蹭了一会儿，蕾蕾终于挪到了学校门外。

校门外踱来踱去的爸爸，看见女儿出来，长长地出了一口气。爸爸把她领到一家饭店，要了几个菜，叫她吃饭。

她低着头，一言不发，用筷子扒拉着碗里的饭菜。

慢点吃，小心噎着。爸爸关心地劝着她。她还是一声不吭。

爸爸从身上掏出三百块钱递给她，把同学的钱还了吧。

她脸一红，继续往嘴里送饭，我有钱，不需要。

我知道你是在跟我赌气，我承认。这段时间我疏忽了你，让你对我产生了误会。其实，哪个爸爸会不关心自己的女儿？我也了解了，你们宿舍里的梅子第一次丢钱，是她自己记错了。梅子的第二次丢钱，是你和我赌气。蕾蕾你错了，爸爸做得不对，你可以指出来说出来，你千万不能拿自己的名誉和品行来赌气，你赌不起。你还记得你小时候和燕燕玩，燕燕的糖盒不见了的事情吧？爸爸相信你，你不是那种人。就是你现在长大了，你也不是那种偷别人的钱和东西的人。是，咱们家里穷，不富裕，那也不能去偷别人的钱。就是跟爸爸赌气，也不能去偷，你明白了吧？

蕾蕾将爸爸递过来的钱装进口袋，虽然嘴上不承认，心里早已服气。

晚上，蕾蕾捧着校长送给自己的那面"拾金不昧活雷锋"的锦旗，向家里走去。校长在台上讲的那些话，依然响在她的耳旁:我们的学校,就应该多几个蕾蕾这样的学生,我们的社会,就应该多一些蕾蕾这样拾金不昧的好人!顿时,全场响起一阵雷鸣般的掌声。

月光下,天上最大最亮的那颗星星,照耀着蕾蕾,走进院门,走进家门。

踮起脚尖就能够着天上的彩云

　　我和母亲正拾阶而上，走在通向龙山的盘山路上。龙山，又名青龙山，北靠太山，南倚晋祠，西接天龙山，东临晋阳古城，是太原市的名山之一。山脉犹如青龙飞舞一般盘绕在崇山峻岭之中，煞是壮观。

　　此时正值秋天，在山坳里、在沟谷中、在山崖上，到处可见红绿相间的彩色图案；放眼望去，满山遍坡呈现出一片片、一块块、一团团的红的、绿的、橙红的、黑红的绚丽景色，将龙山装扮得妖娆多姿。大自然鬼斧神工，赋予龙山一幅美轮美奂的秋色景致。

　　快到了吧？

走了一会儿，我便累得气喘吁吁，顾不上欣赏龙山美景，只有移步向前了。我现在正在上初三，平时锻炼少，今天被母亲拉来登山。刚开始登山还感觉不错，秋高气爽之际，正是登山游玩之时。早就听母亲说过龙山美景，无奈一直无缘见识。今天休息，母亲叫我登山。没想到走了一段路程就感觉体力不支，双腿沉重，犹如灌了铅一般。

快了。

母亲在前面拉我一把，继续向前行走。母亲以前是运动员，腿上受过伤后改行当了老师。母亲虽然已到中年，头发也已花白，走起路来依然是那么精神抖擞。再看看自己，年纪轻轻反倒不如母亲，自觉惭愧。走吧走吧，我抬腿向前走去。谁知母亲却叫住了我。只见她打开照相机，给我拍照留影，我也给母亲拍下了精美的瞬间。

坚持了一段路程，我又忍不住问母亲，还有多远？母亲对我笑笑，不远了，马上就到了。正在这时，从我们后面，走来几个六十多岁的老年人，他们说说笑笑，超过我们，朝前走去。母亲瞅我一眼，我咬咬牙，跟随母亲继续上山。

实在走不动了，我一屁股坐在石头上大口大口地喘气。母亲回过头来陪我一起坐下，给我递过一杯水，取出一块面包。歇了一会儿，吃过喝过，我再也不愿前进半步，就要下山回家。不禁埋怨母亲，你这不是没事找事，好好的上什么龙山？再说，咱们现在也上过龙山了，干吗非得爬上龙山的山顶？

母亲说，咱们已经走了龙山三分之二的路程，你现在停止不前，不是前功尽弃吗？不如坚持，坚持一下，咱们就能上到龙山的山顶上。山顶上的风景和半山腰上的风景有着天壤之别。母亲拉着我上山，说坚持到底就是胜利。

就这样，我们走一段，歇一段，再拍拍照片，终于上了龙山的山顶。山顶上的风景，又是一绝。站在伴云亭上，向山下观望，大有"一览众山小"的感触。整个桃花沟、锦绣谷、丁香谷一览无遗。再往前走，太原市区、汾河流水，皆可尽收眼底。有诗云："金川千点绿，汾水一条清。"

母亲问我，山上的景色美不美？

我情不自禁地赞美道，美！美！

母亲又问我，如果咱们在半路上停下来，是不是就看不到这山顶上的美景了？

我频频点头，是啊。是啊。

母亲指着山下的桃花沟、锦绣谷和丁香谷说，你再看看那些地方，是不是都踩在你的脚下？

是啊，那些地方又算什么？一种自豪感油然而生，我不禁联想到自己。前一段时间，我突然觉得学习枯燥无趣，产生了厌学情绪，再也无心学习。上课除了睡觉就是做小动作、和同学说话，自己不学习，还影响别人。我的学习成绩直线下降，成了全班倒数第一，座位也从中间分到了教室的最后头，成了被人遗忘的学生。照这样下去，不用说考高中，就是初中毕业证也休想拿到手。

那时，我的情绪坏到了极点，谁说我我跟谁急，就像一头犟驴，任谁也拉不回来。母亲见此情景，不再劝我。其实，我以前学习挺不错的，就是因为一次考试考砸了，便一蹶不振，破罐子破摔。

今天，母亲叫我和她一起登山，登上了龙山的山顶，让我豁然醒悟。登山的过程，让我明白了一个道理，半山腰的风景，绝不可能和山顶上的风景相媲美。学习也是，克服了学习路上的困难，以前的那一个个困难，便被踩在了脚下。

站在龙山的山顶上向四周望去，美景如画；再向天上望去，白云朵朵，似乎踮起脚尖就能够着天上的彩云。

天堂路 1 号

寄给天堂路 1 号的信。

刘哥：

你好！今天，我们守在手术室门口，手术室的大门终于打开了，我们的目光刷地一下投向门里，大夫们一个一个地从里面出来，我们连忙问道，手术做好了没有？你会不会有生命危险？

为首的一个大夫对我们摇了摇头，旁边的大夫也都低头不语，刘哥你就这样永远地离开了我们吗？

我们不相信地望向了床上的白色被单，向你扑去，大夫拦住了我们。

　　一张白色被单，将你和我们分成了两个世界。真的能把我们分开？

　　你的音容笑貌就像电视镜头一样闪现在我的面前：两道浓密的黑眉，像是用刷子刷上去的，刚劲有力，哪个同学惹你生气时，你的眼眉一皱，吓得同学不敢狡辩；再看那双大眼睛，黑白分明晶莹闪亮。当你把目光望向我时，我会感到你像大哥哥一样可亲可近，忍不住会向你敞开自己的心扉；你的鼻子，似乎具有某种特异功能，总能闻出我们的味道，不论在哪里逃课，都能被你逮到；你的那张嘴啊，更有磁性，无论是讲课还是逗笑，甚至是绷着脸训人，都深深地吸引着我，百看不厌。

　　上个学期学校开学了，我却不能继续上学。父亲在一家工地干活，不慎从架子上摔下来住进了医院。一开始包工头还不时到医院瞧瞧，再后来就没了踪影。全家人的一日三餐都成了问题，哪有钱给我交学费。

　　你听说后，亲自找到医院，说服母亲让我继续读书，你给我交了学费，并号召同学们募捐，帮助我家渡过眼前的危机。你给大家讲述你小时候的故事。在你十三岁时，你的父亲遭遇车祸丧生，母亲也相继随父亲走了，你成了一个无父无母的孤儿。你一个人怎样生活？父亲单位的领导资助你生活费用，学校减免了你的学费，同学邻居也纷纷伸出援助之手帮助你。正是因为有了人们的爱心帮助，你才在社会这个大家庭里长大。你说，现在同学的家里有了困难，我们每个人献出一点爱心，就能帮助同学渡过难关，我们何乐而不为呢？

一向不爱学习的我，为了报答大家对我的爱心救助，开始勤奋学习语文，专攻作文。上课认真听讲记下笔记，下课认真完成作业阅读名著，不看电视不去网吧不和邻居玩耍。很快，我的学习成绩进步了。你在课堂上当众表扬了我，我的心里比吃了巧克力还甜，比看了《还珠格格》还爽，比打了十八场游戏还要振奋无比。

马上就要过新年了，班里要举行迎新年庆祝会，要同学们表演节目。若在平时，我从不参加这些活动。现在则不同。我给大家唱了一首《感谢你》："因为有了你，使我坚定决不放弃，因为有了你，我就和爱在一起。灾难无情，人间有爱，我要感谢你，深深地谢谢你……"

唱完后，大家报以热烈的掌声，你也对我点点头，表示赞许。

不知不觉中，我关注起你的一举一动，你开心了，我跟着眉开眼笑；你生气了，我也跟着埋怨同学不知好歹。

一天，你正在给我们上课，站在讲台上拿起粉笔，转过身要往黑板上写字，突然身子一歪，差点跌倒，前排的同学急忙上前扶住你，扶你坐在了凳子上。同学们都围过去查看，只见你脸色发白，好半天才缓过神来。

你说你只是有点头晕，休息一会儿就好了。我们可不这样看，一致要求你去医院看病。你说没事，头晕还算病啊。

一个同学说，她妈就常常头晕，医生说她妈妈的心脏有点问题，可得好好注意。

呸！我们一起瞪她，她连忙低下头不再言语。

一个同学说，他爸也经常头晕，大夫说是颈椎不好引起的头晕。

一个同学说，他姐也经常头晕，大夫说是供血不足引起的。

你笑笑说，没事，你们看我这么强壮，像个病人吗？

不像！我们异口同声地说。

继续上课。

不管是什么原因，头晕总不是好事，我们提醒你到医院检查检查。

到底你们是老师还是我是老师？

你是！

听你们的还是听我的？

听我们的！

没想到你的病情严重到要做心脏手术。我背着人不知哭过多少次，却不能为你分担一丝一毫的痛苦。

上课了，看着代你上课的男老师，忍不住想起躺在病床上的你。不知你现在还头晕吗？你还能再次站在讲台上为我们上课吗？你还能再次给我们讲《刘猴子三战大黄狗》的故事吗？你还能再次带领我们举行篝火晚会吗？

下课后，走在路边的台阶上，望着和你同年龄的男人，个个英俊潇洒朝气蓬勃，不免把他们和你做了比较：你比他们漂亮，你比他们聪明，你比他们可爱一万倍！

晚上，躺在床上，听着父母念叨着你，我就想大哭一场。我生病了还有父母守在身边，而父母早亡的你，又会有谁陪在身边？

你躺在手术室内，我们守在手术室外。听人说手术弄不好有性命危险。

不！不！不！

我不要你离开，我不要你躺在手术室内，我不要你就这样永远离开我们！

也许是我们的呼唤感动了老天，也许是我们的真挚驱走了死神，也许是大夫们的医术精湛妙手回春。手术终于做完，手术非常成功。再过几天，你就可以回到我们身边，就可以继续给我们上课。

没想到你的病情出现了异常，你的生命危在旦夕，你必须做第二次手术！听护士说，你的手术费不够了。我们立即找到校长，校长号召全校师生为你捐款。我们也在网上发帖，向人们求救。

学校的老师们送来了钱，你的远方亲戚送来了钱，你的同学好友送来了钱，同学的家长送来了钱，很多不知名的好心人给你送来了钱。

然而，你还是离我们而去了，你身上盖着的白色被单，将你和我们永远地分开了。刘哥啊，我们祝你一路走好。虽然你的人离开了我们，你的爱心却永远留在了我们的心中！

你的学生

一朵朵白色的云

三年前，我是一个公司的电话员，坐在宽敞明亮的办公室，给老总接接电话，打扫打扫办公室。

看着出入办公室的员工们忙忙碌碌的身影，我感到惬意满足。我有父母的疼爱、男朋友的呵护，以及一份别人羡慕的工作，何乐而不为呢？

记得那是数九寒天的一个中午，母亲和父亲做好了水饺等我们吃饭。母亲做的动物水饺个个栩栩如生，造型可爱，美味可口，被左邻右舍赞不绝口。

热恋中的我和施利从网吧回来，匆匆将饺子划拉进肚子里，又准备去"垒长城"。

母亲讥讽我道："我们灵儿百忙之中还能挤出时间吃饭，真不容易呀！雷锋的'钉子'精神就这样被你发扬光大啊。我记得还是你上幼儿班的时候……"

"晕，老妈！这都什么年代了，还要把你的意志强加在我的头上？"

我并没有理睬妈妈的唠叨，竟自玩去了。

第二天，妈妈去医院做子宫肌瘤切除手术。刚做完醒来时，妈妈还能谈笑风生，自己吃喝。几天后，妈妈竟然不能自理，要靠别人来喂养，又过了几天，妈妈变成了植物人！

妈妈是一个公司的部门负责人，也是家里的顶梁柱。家里的大小事情都是妈妈一人操劳，爸爸是个吃皇粮不管皇家事的人，面对这样的打击，家里仿佛天塌地陷一般。

一向唯唯诺诺的爸爸突然之间坚强起来。他私下里向同室病友了解到，手术过程中，妈妈感觉疼痛，麻醉师又打了第二次麻醉药，由于麻醉药量加大，导致妈妈变成植物人！

爸爸去找医院领导，要讨个说法，医院一直闪烁其词。

爸爸又找到律师，多方寻取证据，一纸诉状将医院告上了法庭。

医院慌了神，急忙找到爸爸，要私下了断。

我万万没有想到，我的幸福家庭会毁于一次医疗事故，更没有料到男友施利竟然悄无声息地离我而去！

那几天，我的大脑一片空白。

妈妈呀，您的不争气的女儿让您失望了！

当我看到马路上和妈妈同龄的女人精干利落步伐坚定的身影时，就不由得联想到躺在医院病床上无知无觉的妈妈，眼中的泪水会不听话地夺眶而出；当我听到邻居妈妈对女儿的亲昵呵斥时，却再也听不到妈妈的谆谆教诲；当我想到妈妈那双期盼的眼睛为我不争气没考上大学失望时，我的心揪得生疼……

连续几天，我没有到病房探视妈妈，站在医院的走廊瞧着浑然无知的妈妈，我的五脏六腑就像翻江倒海一般，饱受煎熬。

面对无知无觉的妈妈，我悔恨交加无言以对！

从头再来！

三天后，我辞去工作，到补习班学习。

晚上，爸爸语重心长地对我说："灵儿，你就安心学习吧，妈妈有我照顾。"

"爸爸，我一定要让妈妈看到我的大学录取通知书！"

"爸爸相信你，一定能做到！过几天，我把妈妈从医院接回家里，也许在家里情况会好点儿。"

"爸爸，你一定要想办法让妈妈快点醒过来……"我哽咽着说不下去了。

"女儿，你就放心地去吧。"

半年后，我参加高考，妈妈的病情恶化，又送到医院抢救。

考试、填报志愿、等待。

大学入学录取通知书终于从遥远的梦乡来到我等待了二十四年的颤抖的手中，仿佛隔了一个世纪，它也要飞到妈妈终生期盼的手里。

我捧着通知书，打的向医院飞去。

路上，我直向司机催促着："快点快点，再快点。"

十字街口的红灯啊，你怎么就听不到我"咚咚"狂跳的心儿快蹦出来？你就不能理解一个完成妈妈心愿的女儿的声声呼唤？

手腕上的手表好像也停止了转动，我不放心地将手表放到耳旁聆听，秒针分明还在有力地转动着。

我冲进医院奔向病房，病房里推出一个盖有白被单的病床，身后竟然是痛不欲生的爸爸！

难道是妈妈？

　　我哭喊着向床上扑去，掀开被单，妈妈已经停止了呼吸！

　　我一屁股跌坐在冷冰冰的地上，手中的大学入学通知书在空中飘飘荡荡，把妈妈的期待飘成了一朵朵白色的云，随风散去……

一个饺子　一份母爱　一世难忘

　　我对饺子情有独钟，不仅因为饺子味美，更因为饺子曾经改变了我的命运，使我终身难忘。

　　记得那时我刚初中毕业，我未来的命运就是和姐姐一样到农村插队落户，接受贫下中农的再教育。我的邻居也是我的同班班长，已经报名插队。他的父亲可是二轻局的领导啊，要想给他找份工作并非难事，可他插队了。他都插队，更何况我这个普通工人的女儿呢？再说早插队早回城，也是那时大多数人想要找工作的唯一途径。

　　母亲见我闷闷不乐，让我去买菜，中午包饺子。我一听说吃饺子，立时来了精神。那时候吃饺子不像现在，大部分人家子女多工资不多，只能望饺子兴叹。按说我的家境还不算太差，父母哥哥上班，姐姐插队，弟弟上学。即便如此，我们家也很少能吃上饺子，除非逢年过节。

我买回菜剁馅，母亲和面。不一会儿，就配好馅和好面开始包饺子。自然是我擀皮母亲包饺子。母亲素以干活利落著称，不仅要上班挣钱，还要给我们全家人做衣服、做鞋子、打毛衣等，不利落怎么行？你看母亲包饺子的速度，片刻之间，就摆满了两大箅子，又快又好，假如那会要有包饺子比赛，母亲准会获第一名。

弟弟放学回来了，父亲下班回来了，哥哥中午在单位吃饭，我便下锅煮饺子。我拿着铲子翻搅着锅里的饺子，一个个饺子在沸水锅里上下飞舞，好不热闹。突然，一只饺子蹦出锅外，我不禁一愣，饺子也会鲤鱼跳龙门？

母亲见我发呆，催促我赶快捞饺子，我急忙回过神来，把饺子端上饭桌。

父亲一边吃着饺子，一边兴致勃勃地告诉我，这回，他们单位子弟插队的地方是近郊，那可是个好地方，很多人报了名，他也给我报上名了。

近郊？那可比姐姐插队的地方强多了，姐姐插队的地方很偏僻，吃喝差不说，交通还不方便，上次姐姐病重，还是哥哥他们单位里的车把姐姐送回来的呢！

　　我正想细细询问，却忽然发现母亲剧烈地咳嗽起来，脸色青紫，一个饺子卡在嗓子里，吐不出来咽不下去，父亲急忙给母亲捶背，我急忙给母亲倒水，弟弟急忙给母亲把药取来，过了好长一段时间，母亲才渐渐地缓过劲儿来，我的心仿佛一下子跳到了嗓子眼，"吧嗒"一声，又跌落到了肚子里。

　　母亲患有多年的气管炎，像今天这种状况还是头一次。母亲年轻时在缝纫厂上班，做棉衣是论件计价的，母亲为了多挣钱，连夜踏缝纫机，吸进了大量的棉花，导致咳嗽不断，患上了气管炎，她又舍不得到医院看病，实在是咳嗽得厉害了，买点药吃，病情稍微好一点，就不愿花钱了，故此落下病根。

　　父亲见母亲着急生气，便不再言语。一家人默默地扒拉着碗里的饺子，饭桌上静极了，地上掉根针都能听得见。

　　母亲沉默了。

　　平时母亲走到街上，看见街上行走的女孩便愤愤不平，为什么我的女儿一个个都不能留在我的身边？母亲到了商店，看见售货员是女孩，便感慨万分，我的女儿为什么都得到农村插队？母亲到了厂里，看见厂里的女孩，便越发揪心，我那瘦弱的女儿到了农村怎能吃得下那苦？

　　父亲也沉默了。早起悄悄做好早饭，吃罢悄悄骑车上班，中午回来悄悄吃饭，晚上吃罢晚饭不敢多言多语。

我也沉默了，我不知我的未来如何，我的命运如何，更不知道母亲做何打算。

我插队的事家人从此不再提及，我就报名上了高中。再后来人们不再插队，我也不用再像姐姐一样到农村受苦了。

没有想到，一个饺子，不仅阻塞了母亲的欢乐，也阻挡了我插队的行程，更改变了我的命运。

其实，我应该感谢母亲，感谢饺子。一个饺子，一份母爱，让我铭记一生一世。

跪着的人

一间平房内，一个中年男人佝偻着腰跪在床上，大口大口地喘着粗气。这一画面就像一组电影特写镜头一样，时时在小富脑海里闪现，挥之不去。

那是小富怒气冲冲去找小穷算账的时候在小穷家里见到的情景，让她刻骨铭心永世难忘。那天，她怒气冲冲去找小穷算账，前一天，小穷和她父亲大吵大闹，气得父亲心脏病发作，住进了医院，母亲在医院里守候着父亲，她抽空打车来找小穷。

这是一处偏僻郊区，一排排平房的烟筒里冒出了浓浓的炊烟。脱落的墙皮、生锈的大门以及院内往外流出的污水，无一不在流露这里的贫穷与落后。

小富以前也听人说过矿工们的居住环境，但没有想到会这样破败不堪。看惯了整洁美丽的小区环境，让她很难想象 21 世纪的今天，还会有人在这样恶劣的环境里生存。

她的心像是猛地被人撞击了一下，感到一阵惊悸，要找小穷算账的决心，也无形中减弱了几分，刚才那会儿的怒气冲冲，也变成了感慨万分。

她好像忘记了她来这里是找人算账的，倒像是找人来聊天的，心平气和地打听着小穷家的住处。一个蓬头垢面的女人，像打量怪物似的，从头到脚打量她一遍，然后指向前面一排的房子。

她敲开小穷家的房门。小穷打开门一看是她，也非常意外，转而一想，她肯定是来找他算账的，把瘦弱的胸脯一挺，挡在门口，像个斗鸡似的对她怒目而视。

"你想干什么？"

"我来看看。"

"看看？你是来找我算账的吧？走，咱们到外面去说。"小穷一边说着一边就往外推小富。

她被小穷推着有些趔趄地往外走。

这时，屋里传来一个男人一边咳嗽一边说话的声音，是……是谁呀，快……快叫她进来。

"爸，是个问路的人，我这就领她去。"

利用这个间隙，小富观察了小穷的家，可真是家徒四壁，锅碗瓢盆在地上扔着，不用说讲究卫生了，恐怕连吃饭也成问题。她的心再一次被人猛烈地撞击，脚步也沉重起来。

这时，小穷的母亲从里面出来："是谁呀？"

这是一个面色蜡黄的女人，过时的衣着、花白的头发以及无神的眼睛，使得她更加苍老。

她叫住儿子，连忙问他发生了什么事情。

小穷非常紧张，眼睛一直紧紧地盯着她，直怕她把他去找她爸的事情抖搂出来，惹得父亲病情加重，再去向别人家借钱。

她说，她是小穷的同学，找小穷有点事。

小穷也暗暗感激她的配合，也附和着说，是啊，她是我们同学，昨天我们吵了几句。

吵几句算什么呀，快进来吧。小穷的父亲叫她进去。

小穷没有办法，只好把小富领进房间。小富看见小穷的爸爸大概有五十多岁，佝偻着腰，气喘吁吁。令她奇怪的是，小穷的爸爸不是坐着，也不是躺着，更不是站着，而是跪在床上。

"叔叔，您这是？"

"闺女，你叔叔得的是尘矽肺病，不能坐、不能躺，只能跪着，才能勉强呼吸。"小穷的妈妈解释着。

"尘矽肺？"

"就是在矿上吸的粉尘多了，就会患这种病。"

正在这时，小穷爸爸一阵咳嗽，咳出一口黑血，小穷和妈妈急忙招呼爸爸。

小富的心像是被铁锤重重地砸了一下，令她无法再待下去，说了句"我还有事"就匆匆逃离了小穷的家。

她踉跄着走出了平房，走出了贫穷、走出了落后，她的脑海却定格在了那个佝偻着腰、在床上跪着的男人身上！

她想到她的父亲病了，住的是高级病房，每天有大夫和护士查房、输氧气打吊瓶，亲戚朋友都纷纷提着礼品来看望，就连那些平日很少来往的远亲，也想方设法和她家靠近；而小穷的父亲病了，只能待在家里，只能跪在床上呼吸，除了家人，看不见亲朋好友的影子，她家和小穷家一比，简直就是两个世界两重天地！

她想到了自己，吃着肯德基、喝着可口可乐、在迪厅蹦迪、在卡拉 OK 唱歌还嫌郁闷，再看看小穷的家境，真是不比不知道，一比吓一跳。

她不敢再往下想了，她捂住了眼睛。

清明节，她跪在了一个土坡的前面，祭奠小穷的爸爸。

她给小穷的爸爸烧了些纸钱，带来些水果蛋糕。

"叔叔呀，生前你吃不到的食物，我给你带来了，希望你在另一个世界里和我们一样……"

"叔叔呀，我不知道我爸的矿上，会让你们受那样的苦，得那样的疾病，还得跪着才能呼吸……"

"叔叔呀，我已经离开那个罪恶的家庭，参加了'大爱清尘'……"

冬夜里的一把火

导语：派出所把我哥当纵火犯抓了起来。要我说，我哥不是纵火犯，是英雄！我们联系了记者，要给我哥平反昭雪。我们这些人下坑挖煤，每天都在暗无天日的窑下生活，吸进去的是煤，呼出去的也是煤，我们都患上了尘肺病，尤其是我哥，已经到了晚期。下坑挣的那点钱还不够他看病。我们的健康没有保障，我们的生命受到了威胁。

弟弟：姐姐家着火了！我急匆匆赶往山上。姐姐家住在山上，山高路远，家里着了火，消防车上不去怎么灭火？倒是有一条人工修建的羊肠小道，崎岖不平，也只能走小型汽车，卡车也能勉强过去，像消防车那么长的车，肯定过不去。

　　心急如焚赶到姐姐家，不是家里着火，是姐夫的小煤窑着了火。姐夫开了一个小煤窑，窑上雇了十几个工人给他干活，是一个叫二狗的工人放的火。多亏火势不大，已被扑灭。纵火犯二狗被送往派出所。

　　姐夫：二狗，你怎么能给我放火呢？窑上别人放火都有可能，二狗放火绝不可能！但的的确确是二狗放的火，他自己已经承认。

　　二狗你不能这么干事，我对你不薄啊！当初你找不到工作，是我看你可怜，把你收留在我的窑上干活，管吃管住给你发工资。后来你弟弟你连襟都来找你，想在我这儿落脚，我让他们上了班，是看你二狗的面子。不然，我认识他们是谁？

　　二狗你不该这样做事。你老婆来找你，你嫂子把她安顿在家里，吃住都在我这儿，不用你们花一分钱，帮我照料儿子。你在城里租房子，不得花钱？现在的房子，没有千儿八百的，你能住得起？就是你的亲哥哥对你，也不过如此吧？

　　二狗你拍着胸脯想想，我亏待过你吗？你们在我这里，隔几天，你嫂子就给你们改善伙食，给你们送饭的碗里还冒着热气哪！我怎么也想不明白，二狗你为什么这么对我！

二狗：按说，老板对我不错，我应该知恩图报。可我却给老板放了一把火。这一下，老板肯定把我恨死了。老板对我不错，我承认。可我对老板也尽心尽力。当时找工作，找了几份工作都不行。老板的窑上招人，下坑累不怕，就是怕将来有个三长两短丢下老婆娃娃咋活？可人家老板给的钱多，也认了。后来煤炭紧缺供不应求，老板要招人，我把弟弟连襟都找来，给老板干活。老婆来看我，住在老板家，给老板家做饭洗衣服不说，还得给他看娃娃。老婆跟我抱怨，我都快成了他家的保姆啦。我说，老板对我不错，能帮尽量帮点。老婆说，你知道现在一个保姆挣多少钱？一个月最少也一千！我说有我挣钱就行了，你待几天就回去了，啰唆什么？

老板说我是忘恩负义的人，是喂不熟的白眼狼。其实，我不是忘恩负义的人，也不是白眼狼。在村里，我常年在外打工不在家里，村里的王大哥帮我照顾老婆女儿，我回到家里的第一件事，就是买好点心或者烟酒去看望王大哥，咱得回报王大哥。那你肯定要问我了，那你为什么给我放火？老板你不知道，我有苦衷啊！

二狗弟弟：我哥的这把火放得好，给那些没有责任心的老板们敲响了警钟。我们也是人，我们的生命，也是生命，也应该得到尊重。

没几天，老板的煤窑被查封，那一带的煤窑也被查封。听说，煤老板雇人寻找我哥报仇，正在四处打探我哥的下落。漫漫冬夜，我哥燃起了一把火，这把熊熊烈火驱走了小煤窑的黑暗，照亮了我们脚下的道路。

"你就像那一把火，熊熊火焰温暖了我……"费翔高亢激越的歌声，回响在我们的头顶，给寒冷的冬天送来了暖人的气息。

愛海泛舟

迷恋十字绣

　　小凤坐在办公室前，从挎包里掏出绣好的"一生一世爱你"绣布，她想看看还有哪些地方需要修改修改。

　　她爱绣花，特别迷恋十字绣，她白天绣，晚上绣，就是在白天上班时间，也忙里偷闲抽空绣上几针。

　　这幅"一生一世爱你"十字绣，是送给同事小玉的。小玉下个星期就要结婚了，她把自己最拿手的十字绣送给小玉，希望这对新人能够"一生一世爱你"，美满幸福。

　　当她把十字绣送到小玉家时，正好小玉的弟弟小龙也在家里。小龙看到小凤的"一生一世爱你"十字绣，非常惊讶，他听姐姐说过小凤，也见过小凤几次，只知道小凤脑腆，不爱说话，没想到小凤还会刺绣，竟然能绣出如此漂亮、新潮的十字绣，不由对她刮目相看。

小龙和小玉一样长得眉清目秀，而且小龙比小凤又多出几分男性的阳刚之美，是好多女孩心目中的白马王子。但小凤却不以为然，她认为长得太酷的男孩，总给人一种轻浮的感觉，靠不住似的。

一天，快下班了，同事们纷纷关电脑拿包准备下班，只有小凤和小玉还没走。小凤不急着走，她还有一幅十字绣要绣。

这时，小龙推门进来，看见小凤，和小凤打过招呼走到小玉跟前，一边看她一边和小玉嘀嘀咕咕。小凤觉得姐弟俩可能有悄悄话要说，赶紧收拾东西准备走人。

见她要走，小龙走到她面前欲言又止，犹豫再三，终于鼓足勇气问她，小凤姐，我有一个朋友要过生日，是一个非常非常要好的朋友，我想给他送一件生日礼物。看见你给我姐绣的"一生一世爱你"，想让你给我也绣一幅，不知你肯不肯帮忙？价钱好说，该出多少出多少，绝不能让你白白辛苦，布料钱、丝线钱、手工钱，一样都不能少。

她"扑哧"一声笑了，你还知道的不少呢！什么钱不钱的，你说吧，你想给你朋友送什么图案的？

小龙也笑了，这个，我也不太清楚，你给参谋参谋。

小凤说，给他绣个"骏马奔腾马到成功"怎么样？

小龙说，你说好就好。

她嫣然一笑。

小龙说，真是太好了！你说，我该怎样谢你？

她说，谢什么呀？你是小玉的弟弟，当然也是我的弟弟了，给弟弟绣花，不用客气。

说到这里，小龙也不好再说什么了。

过了一段时间，"骏马奔腾马到成功"绣好了，小龙看到八匹骏马栩栩如生活灵活现，赞不绝口，一定要给小凤钱，八匹马，一针一线地绣，那得多辛苦啊，光是眼睛也瞅花了，何况还要一针一线地绣？

小凤说什么也不要钱。两人正在推让，小凤的电话响了，是她妈妈打来的电话，要她马上回家。

小凤说，这样吧，钱的事情以后再说，我现在要马上回去。

小龙说，那我送你回家吧。

原来，小凤的母亲托人给小凤介绍了个对象，要小凤去相亲。因为她眼光高，一般人根本不会入眼，条件好的男人毛病又不少，所以晃来晃去晃到了二十九岁，母亲急得火上房，她却如姜太公钓鱼一样，不急不慌。

这次见的这个男人是一家公司的经理，长相还行，但是说话非常别扭，一会是他如何如何会挣钱啦，一会儿又是他如何如何会省钱啦，整个一铁公鸡。让她大跌眼镜，匆匆逃离。

不知怎的，小龙听说了这件事情，就让姐姐给她去提亲，姐姐嫌他窝囊不管他，平时的机灵劲儿都哪去了？

听说，又有人给小凤介绍对象，小龙急了，决定主动出击。

小龙让她给自己绣一幅"一生一世爱你"，她答应了。从此以后，小龙经常约她去唱歌、看电影、喝咖啡，她脑海中全是小龙的影子。

怀着忐忑不安的心情，她把绣好的"一生一世爱你"给了小龙。小龙把"一生一世爱你"抱在胸前，郑重其事地对她说，我要一生一世地爱你，你愿意做我的新娘吗？

一刹那，她像被电了一般。

小龙和小凤的婚事如期举行，那幅"一生一世爱你"的十字绣，高高地挂在新房的客厅里。

后现代的爱情尾

他敲开了她的房门。

她看见他有点意外，甚至忘了请他进门，就像是一个人在遥远的大海里游泳，突然看见了熟人一样感到意外。她脸色惨白，他立刻明白刚才邻居们的议论是真的。

他走进去轻轻把房门关上。

"你怎么来了？"她的声音平淡，不带任何感情色彩，既不悲痛，也不可怜兮兮。然而，他的心却揪得生疼。

"我刚好路过，就上楼看看你走了没有，能不能顺路载你上班。"他故意说得轻描淡写，却把他早在五百年前就对她的关注隐藏起来，不露痕迹。

他走进客厅，客厅里一片狼藉，让他瞠目结舌，好像这里发生了强烈的地震，将家里的东西都震乱了，惨不忍睹。

他知道他们在吵架，也知道他们为什么吵架。但因为吵架而动手的男人，一定不是什么好男人，而能把家里砸成这样的男人，就更让人不齿了。

"太过分了！"

"没事。"

"他呢？"

"走了。"

"你今天不用上班了，我替你请假。"他故意说得轻轻松松，好像是美国人和伊拉克人在开仗，与他没有任何关系似的。

"不用了，咱们走吧。"她只想快点离开这里，免得触景生情。

"他去了哪里？"他决心找这个男人算账。放着这么好的女人不要，非要在外面拈花惹草，还把家折腾成这个样子，是男人吗？

"算了。"

"我得找他说说，成啥样了！"

"走吧。"

她和他是一个办公室的同事。自打她调进他们办公室的头一天，他就注意到了她。她的一个眼神、一个动作，甚至是一声咳嗽，都能牵动他敏感的神经系统。但他又不能表现出对她的过分关注，只能佯装成普通同事的样子。

她和老公是大学同学。一次他们加班晚了，她老公来接她回家，他原本以为她老公一定是高大英俊、人见人爱的帅哥，见了面让他大失所望。她身高大约在 172 厘米左右，体重在 55 公斤左右，而她老公的身高大约在 168 厘米左右，体重在 60 公斤左右，两人根本就不般配。但是她喜欢。一看见老公来接她，立刻欢天喜地地向老公走去，两人站在一起，就像大姐姐领着小弟弟一般，怎么看都别扭。

她对她老公非常好，常常问他，你们男人喜欢什么样的围巾，你们男人喜欢什么样的手表，你们男人喜欢什么样的腰带。得到了答案，就屁颠屁颠地买回去。

有一段时间，她发现老公常常夜不归宿，问他，就说在加班。她不相信，一个小小的职员，能有什么工作，忙得连晚上都不能回家？

她沉默了。她的脸色不再红润，她的笑容不再显现，她的美丽的大眼睛，也失去了昔日的光彩。

他看在眼里，急在心里，总想帮她做点什么，却又保持着距离，不愿走得太近。

今天，他本来是过来看看，没想到看见了她家里的七级地震。

他多想把她拥在怀里，让她大声哭泣，宣泄出她心里的苦楚。然而，他控制住自己，只是劝她想开些。

她对他说，她感谢他对她的关心和帮助。自从她的婚姻发生变故以后，她就懵了，不知如何应对，多亏有他的帮助，使她走了过来。同时，这场变故也使她明白，婚姻并不是生活的全部，只是生活的一部分。为什么要让婚姻主导她的生活呢？

他说，并不是所有的婚姻都是不幸的，只是你的婚姻出了问题。你也可以选择离开这个婚姻，离开这个男人。

她苦笑，是啊。离开这个婚姻，我还有工作，还要生活。

他敲开了她的房门，他送她到机场。她要走了，出国留学。离开这里，离开这个即使在两百年以后，她也不会忘记的地方。

白云飘过的天空

她仰头望着蓝天，望着飘过的一朵白云浮想联翩：他不就像这朵白云一样吗？既遥远又近在咫尺，使她感慨万分。

她闭上了眼睛，把头靠在椅背上，天上的那朵白云立刻变成了他的笑容。他的笑容，给人一种温暖亲切的感觉，也许就是他的微笑吸引了她。他的眼睛炯炯有神，他的鼻子坚挺有型，他的嘴唇特别性感，他的五官构成了一张无比生动的脸庞，在向她微笑。

他是她的同事。他引起她的注意，是在一次下班的时候。那天下班，别人都匆匆忙忙地急着回家，他却坐在那里纹丝不动稳如泰山。她问他怎么了。他笑笑说："这两天跟老婆生气，不愿意早回家，躲几天。过了这两天，她的气消了，也就没事了。"

她想起了她老公和她生气时的情景，他不是骂人，就是喝酒打人。没想到他为了不和老婆生气，采取躲避这种她曾经采用的办法，让她无形中对他产生了好感。都是男人，怎么就差别那么大呢？真是人比人，气死人。

公司搞庆祝活动，他喝多了，被人们送回了家，睡了一天一夜，既没有骂老婆，也没有打孩子，他的酒德还不错。

他老婆感冒了，他早晨起来先给老婆做好饭，伺候老婆吃完饭，把药放在老婆的床边，又把儿子送到孩子他奶奶家然后再去上班；上午还没到下班时间，他又急着赶回去看望老婆，晚上提前下班接孩子回家。

看看自己，自己感冒时，老公白天上班不在家，晚上下班直接去朋友家垒起了长城，有时候半夜才回家，有时候玩个通宵。不用说让他伺候，连他的影子也见不上。

渐渐地，他的一举一动，都深深地刻在她的脑海里。公司组织大伙去旅游，他带着儿子，她带着女儿玩"碰碰车"，她故意往他的车上撞，他也不甘示弱和她撞在一起，乐得两个孩子高声呐喊助威。

玩了一会儿"碰碰车"，他儿子想去划船，他叫她们同去。于是，四个人坐进一条船里，由他和她划船，两个孩子在水里玩得不亦乐乎，他和她也相视一笑。

晚上回到旅馆，女儿累了，躺下就睡着了。她到旅馆门口，却看见他坐在沙发上看报纸。看见她出来，对她一笑。她问他："有没有兴趣出去走走？"他说："正好我儿子也累得睡着了，就出去转转吧。"

她问他平时都有什么消遣活动，他说他常常看一些小小说，这种文章短小精悍，却能看出一些实质性的问题，振聋发聩。有时候也试着写一些小小说，能不能发表并不重要，重要的是写出了自己的心声。

"是吗？"

她也喜欢小小说，也写小小说。她们聊到了汪曾祺的《陈小手》，为汪曾祺那种一边讲故事，一边描写陈小手的喜怒哀乐的写作手法而赞叹；聊到了冯骥才的《苏七块》，惊呼冯骥才刻画人物的细腻手法；聊到了袁炳发的《身后的人》，为袁炳发那种新奇独特的写法而感慨。她们越说越投机，甚至都有相见恨晚的感觉。如果早认识，她和他是不是就可以比翼双飞呢？

"晚上我等你吧？"

一个男人的声音，把她从遥远的回忆拉到了现实生活。

"看时间吧。"一个女人回答。

想什么呢？女人惯有的矜持使她抬起了高高的头。

她睁开了眼睛，看不见天上的那朵白云。是啊，他只是她天空上飘过的一朵白云，离自己非常遥远。

她走回了自己的家。

遗失的爱情

一进办公室门就看见"蓝颜知己"关切的神情，她急忙坐在桌前，打开电脑上了 qq，刚才在车上不方便回 qq 信息，qq 上"嘀嘀""嘀嘀"的声音一直响个不停，"蓝颜知己"的头像一直在闪动。

"怎么样？""蓝颜知己"发过来一条消息。

"蓝颜知己"和她是一个办公室里的同事，因为两人说话投缘，互称知己，她叫他"蓝颜知己"，他叫她"红颜知己"，现在，他问她这次相亲结果怎么样。

提起相亲她就头疼。才刚二十六岁，老妈就怕她嫁不出去，迫不及待地要她相亲。第一次相亲，遇到一个自卑男，因为他家经济条件不好，生怕别人嫌弃，坐在她的面前非常拘谨，说话还要看她的脸色，小心翼翼。这样活着累不累啊，我又不是母老虎，能把你吃了不成。

"蓝颜知己"劝她："这样的男人虽然自卑，但他会对你好，会一心一意待你。"她大愕："你不会是怕我烦你，硬要把我嫁出去吧？"

他急忙告饶："好，好，好。咱不找自卑男。"

她回到家里，向老妈宣布："以后这样的人你千万不要给我介绍！"

第二次相亲的对象，是一个极品男，事业有成。出门前她还特意打扮一番，穿上刚买的白色套裙，不仅端庄大方，更显出了她的女人魅力。

她在咖啡馆里和他见面。极品男不仅事业有成，而且还是一表人才，时不时在谈话当中来几个小小的段子，更显幽默风趣，让她开心不已。他也觉得她谈吐优雅气质非凡，二人喝完咖啡，又来到 KTV 唱歌，没想到极品男对她动手动脚，吓得她逃出了 KTV。直到现在，想起那天的情景，她还心有余悸脸色惨白。

"蓝颜知己"说："不是所有的男人都是这样，是你不幸正好遇上了一个色狼。"

"听说男人有钱就变坏，女人变坏就有钱。"

他笑她："你这都老掉牙的旧闻了。"

这次见的是一个博士男，更是一个难以想象的极品男，他说："我请你吃饭好吗？有一家小吃店，一碗稀饭一块钱……"

"妈呀，我要是嫁给这种人，还不极度缺乏营养，晕倒在办公室的桌上？"

"蓝颜知己"见她频频受挫，也给她介绍了几个，但都是高不成低不就的。"蓝颜知己"突然想起了一个刚从国外回来的"四眼"哥们儿在一家公司当经理，于是就介绍给她。

他们约好在肯德基里见面。当"蓝颜知己"领着"四眼"进来时，她觉得眼前一亮，这个人好像在哪里见过，又一时想不起来。

对方也有似曾相识的感觉，两人频频相望，眼神变幻，有些惊喜，又有些不敢确认。

她先打破了沉默："你是……刘强？"

虽然好久不见，依稀还有以前的几分印象，只不过她现在戴上了眼镜，多了几分儒雅，让他一时不敢确定。

刘强也认出了她。二人兴高采烈地聊起了上初中那会儿的事情，把媒人"蓝颜知己"晾在了一边。

"蓝颜知己"使劲咳嗽一声，二人这才转过头来。

"蓝颜知己"说她见色轻友。心虚的她反过来倒打一耙："谁让你是我的'蓝颜知己'呢？知己，知己，就是知道了解，对不对?"

其实，"蓝颜知己"一直暗恋她，暗示过她几次，无奈她傻乎乎地不懂，所以，"蓝颜知己"遗失了他的爱情，度日如年。

她进了办公室，没见"蓝颜知己"的身影，打开电脑上了 qq，也不见"蓝颜知己"给她的留言，急忙给他打电话，问他怎么了。他说他昨晚喝多了，头晕去不了，让她给他请假。她不由一笑："真的怪我见色轻友?"

他急忙解释："你想多了，哪能呢？我是谁，我是你的'蓝颜知己'!"

撞 大 运

又是一个冷冰冰的傍晚，檐下的冰花尖尖的，像一把利刃，戳得庄大运的心阵阵作痛。

"窝囊废！"

"我要和你离婚！"

那个寒风凛冽，呼出来的气都能结冰的傍晚，老婆扔下刀片薄的离婚协议，带着女儿走了。

下岗后的庄大运失去了一切。

失去了金钱就失去了一切？庄大运望着黑漆漆的没有一星光亮的天空问道。

钱就能主宰一切？庄大运看着空荡荡的没有一分钱存

款的屋子问道。

庄大运迷茫的眼睛望着电视发呆。电视里正在播放一个无依无靠的老头故意往汽车上撞的镜头。庄大运的眼睛一亮，将杯中的酒一口喝干，把酒杯一摔，眼前晃动着"碰瓷"赚来的人民币，一沓又一沓银行存款，老婆哭着跑回来跪着求他要和他复婚。哼！你和我复婚？我还不要你呐！我还要找个小蜜给你看看！屋外的冷风更冷了，檐下的冰花又厚了许多。

庄大运要撞撞自己的运气。他骑着自行车在大街上巡视着，用猎人般的目光打量着来往的车辆，捕捉着他的"碰瓷"目标。

一辆三轮蹦蹦车开过去了，庄大运连正眼都没瞅它一眼，一个农民工能有几个钱？上次那个农民工才给了两百块钱，还不够去大酒店吃一顿塞牙缝呢？

一辆大货车开过去了，你看那司机，把车开得像飞机一样快，你要和他撞上，肯定把你撞得七窍流血一命呜呼，别说赚钱，连命都得搭上。

一辆小轿车开了过来，不是机关干部车就是老板车，说时迟那时快，庄大运的自行车向小轿车冲了过去。

"嘎吱"一声，小轿车猛地刹住，庄大运倒在小轿车的前面，他的额头流血了，躺在那里号叫着，自行车也躺在了一边。

司机从车上下来，憨厚的脸上吓得面无血色，嘴里连连嘟囔着外地话："见鬼了！见鬼了！不知从什么地方就冒出一辆自行车来！"

"哎哟！你是怎么开车的？你会不会开车？我的头也破了、腿也断了，就连胳膊也折了，疼死我了……我可怎么活呀？"庄大运躺在地上哭喊着。

司机哆嗦着过来要把他扶起来："你的头怎么了？你的腿断了？胳膊也折了，我送你去医院吧？"

"废话！你想我死在这里呀！"

司机把庄大运抱到汽车上，送往医院，扭了麻花的自行车扔在了修车点上。

司机咧着嘴带着哭腔唠叨着："你说我倒霉不倒霉，刚给老板开上车，就把人撞了，老板还不把我炒了呀！"

庄大运心里一动，闪过一丝不安，随即又想到活该你倒霉，你不倒霉，我到哪儿去赚钱？嘴里说着："你倒霉！我比你还倒霉呢！哎哟，疼死我了！"

快到医院门口时，庄大运突然喊停车，司机以为他疼得厉害，急忙把车停下。庄大运却说："我看你也挺不容易的，刚找到一份工作又撞了人，医院咱们就别去了，咱们私了算了。"

司机一听喜出望外，连连说："私了好，私了好。"

庄大运叹了口气说："你给我五千块钱，咱俩一笔勾销，我自己去看病，你就不用管了。"

司机瞪大了眼睛："五千块钱？我要有五千块钱，还用到处找人借钱？"

庄大运玩起横来："借钱不借钱是你的事，我不管！你只要给了我钱，咱们以后各走各的路，互不相干！"

庄大运看见司机犹豫着，又说道："你要不愿意，咱们就公了，你连眼前这份工作也丢了，你自己看着办吧。"

司机一狠心，从怀里掏出三千块钱："我只有三千块钱，这是刚刚借的，给我女儿治病的钱，你要不要？你不要，咱们就公了，由公家说了算，该咋样就咋样！"

庄大运看见司机再也拿不出什么钱来，于是说："三千就三千吧，谁让我倒霉呢。"

庄大运把钱揣进怀里，抬腿下车。这时，司机的手机响了，司机拿起手机，听见里面传出一个女人焦急的声音："你走到哪里了？女儿又晕过去了，村里人们筹的钱拿来没有？"

"我……我……咳！我撞人啦！"

"什么？"

庄大运悄悄地把钱放在车上，一瘸一拐地下车走了。凛冽的寒风在阳光的照耀下四下逃窜。

和你的表妹结婚去吧

你在天桥上蹦跳，天桥下的海水，就像天上的乌云一样，波浪滚滚，汹涌滔滔。

这些景象，丝毫不能影响你的欢快心情。你看见他捧着戒指向你走来，一步一步，那双魂牵梦绕的眼睛，热辣辣地向你逼近：嫁给我吧，请你一定要嫁给我！

你羞涩地望着他，闭着眼睛伸出手去。

突然，"扑通"一声，刹那间，他手上的戒指没了，他的身影也没了。你定睛望去，原来是一个小孩在旁边玩水，向水里扔了一块石头。

你恍然大悟。即将做新娘了，你憧憬在甜蜜的幸福之中。

刚考完研究生，便急匆匆赶回，想给他一个意外的惊喜。你向他的住处走去，碰见他的好友，向好友询问他在哪里，不料好友竟然支支吾吾，让你疑窦丛生。

你的心顿时乱作一团，三魂七魄都随着那位好友背影的消失跑得无影无踪，就剩下焦虑不安了。难道是他生病，怕你着急没有告诉你？或许是他的父母在乡下发生了什么重大意外？或许是他在外面有别的女人？你打了个冷战。随即安慰自己，怎么可能？也许他也有秘密想给你一个意外的惊喜？你三步并作两步几乎一路小跑奔到他的门前，急切地敲门。

门里一阵骚动，随即传出他变了调的声音：谁啊？

是我！你越发焦急。等了半天，他才把门打开。你一眼看到一个陌生女人，女人的腿边，刚刚整理好的床单还在床下摆动。女人坐在床前，故作镇定地问你："你是嫂子吧？"

犹如发生了九级超强地震，天地突然在你面前摇晃不已。你站稳脚跟定定心神，两道目光探照灯一般，迅速向女人射去。女人和你年龄相仿，却比你丰满；女人个头比你略低，却比你妖艳妩媚。

他故作镇静，仿佛是你在两万五千里之外看见了别的男人有了外遇，和他没有一点关系，轻描淡写地解释：这是我表妹，今天来看我。你什么时候回来的？怎么不告诉我一声让我接你？你考得怎么样？连珠炮似的询问也难掩饰他内心的慌乱。

是你表妹，我怎么从没见过？你厉声质问，气得浑身颤抖。犹如一个包装精美的蛋糕盒子，打开一看，里面却是一堆垃圾，上当、屈辱、愤慨，使你一时不能自制。

女人躲开你的目光，翻看日历的双手却不由自主地抖动。

他说："这是远房表妹，你还没有见过。来，我介绍你们认识认识。"

认识认识？用不着！和你的表妹结婚去吧！你转身奔出，好像当头一棒，猛地将你砸晕，一阵天旋地转，你失去了知觉。

你醒来一看，女人已经没了踪影。他正守在你的身旁，连连呼叫你的名字。你挣扎着起身急欲离开，被他按住，眼中的泪水夺眶而出。

他再三向你保证，他和表妹没有发生任何事情，如果你还不放心，可以提前举行婚礼。

举行婚礼？还被你骗？你毅然决然和他分手！这样的渣男，怎能托付终身？有了一次，就很可能有二次三次，你以后的日子可怎么过？

他托人向你说情，他的父母也竭力在你面前保证，就连你的父母，也在为他说好话。你铁了心，即使铁树开花，也没有和他和好的可能！

他看你态度坚决，只好作罢。不久，他又有了女朋友，女方来自干部家庭，很快结婚。听说他对老婆格外体贴呵护，做饭洗衣拖地，家中活计他抢着干，老婆回家就能吃上热饭，饭后有他洗碗，老婆想看哪个台，他先给老婆调好再去洗碗收拾。老婆喜欢逛街，他不厌其烦地陪着老婆一家商店一家商店地进出。他对老婆的父母更是百般照应。老丈人爱好下棋，从不下棋的他，买回棋谱通宵达旦研究棋谱，下班回家和老丈人下棋；丈母娘每天中午一吃完饭就去打麻将，他从口袋里掏出钱递给丈母娘，丈母娘乐呵呵地接过钱打牌去了。丈母娘病了，他甚至衣不解带地侍奉在旁。他对老婆的父母，比对他的亲生父母还要孝顺，那家人为找到如此好的女婿而欣慰。老丈人为他调动了工作，他从普通干部一步步高升，提升到了局长。

你的父母说，你后悔了吧？看看人家过得多好！

不稀罕！真的是你看错了？

他老婆怀孕了。他竟然让他老婆打掉！三十多岁的女人，多么想要一个属于自己的孩子啊。老婆实在不想打掉，不顾他的反对生下了女儿。

　　此时的他春风得意，工作更忙，回家的次数也更少。他不再陪老婆逛街，也不再赔老丈人下棋。不久，传来他的绯闻，他在外面养着别的女人。老婆向他质问，他竟然大言不惭坦然承认，并且向老婆提出离婚！

　　你庆幸自己的当机立断。后来听说他贪污受贿被人举报，这样的人渣，得到了应有的报应。

起点八鸽

起点是个婚姻介绍所，专门给那些未婚的、离异的、丧偶的单身男女牵线搭桥。积德行善，又有人民币可拿，何乐而不为？

在这里上班的人们，个个善察言会观色，既能说又会道。一条广告打出去，一个个电话打进来，和你聊起来，工作呀学历呀条件呀要求啊，说得你按捺不住马上跑来，成不成在缘分。有道是有缘千里来相会，无缘对面不相识嘛。

起点里的人会说，起点里的八鸽，还得加一个更字，更会说话，她的真名反倒被人遗忘了。索性，八鸽就八鸽吧。

八鸽踩着高跟鞋，急匆匆从办公室出来。你看她，双眼皮，大眼睛，高高鼻梁红嘴唇。立领对襟小唐装，波浪长发束脑后。右手的手机刚刚挂断，脖子上的手机又响了起来。她连忙接起了电话：你好，我是起点婚介所的八鸽……

八鸽业绩好，这个月起点里数她收的人多。这不，她又要接待一个新的征婚者。

同事小吴领进一个男人，三十五岁，离异，带一男孩。小吴向男人介绍，这是我们的八鸽经理，她说成的人可多了。

男人说，朋友给介绍过不少，别的婚介所也去过，人们一听说我带一个男孩，都退避三舍。我想问问，像我这种情况，在这里不知能不能找到？

八鸽一笑，向男人介绍，我们起点婚介所，是全市最大的一家婚介所，我们婚介所里有十二个部门，六十多个工作人员，两万多会员。在两万多人里找，总会有一个能接纳你的女人吧？

男人点头，也是，虽然自己条件差点，只是一个饭店的厨师，要在两万多人里找，应该还是有希望的。八鸽和小吴领着男人察看了各个部门，又让男人验证了婚介所的营业执照。男人掏出身份证、离婚证，和小吴一起到财务室交了钱入了会。安排男人和会员见面后，回到办公室，小吴给八鸽的茶杯里放进了龙井茶，倒上水，给八鸽端来，谢谢八鸽帮忙，这个月终于开张。

八鸽从小就爱看书听故事，说起话来一套又一套。她十六岁时，她大姐被父亲厂长的儿子看中，非她不娶。可大姐不愿意，大姐已有意中人。父亲不敢得罪厂长，母亲为了攀高枝极力撮合，气得大姐寻死觅活。小小年纪的八鸽，先稳住大姐，继而给母亲做通思想工作，然后找到厂长论理。厂长和厂长夫人，根本没把这个黄毛丫头放在眼里，斜着眼撇着嘴，一百二十个瞧不起。小八鸽，不慌忙，引经据典，说古论今，晓之以理，动之以情。说得厂长瞪大了眼，重新打量小八鸽；讲得夫人张大了嘴，满满一杯茶水没顾上喝一口。到最后，厂长放了话，婚姻自由，让孩子们自己决定。八鸽这下出了名，孩子敬，大人服，老人刮目另眼看。

朋友让八鸽给她儿子找对象，要找一个贤惠明理的儿媳妇。八鸽以为朋友儿子已离婚，忙问事情的端由。原来儿媳嫌儿子太窝囊，骂骂咧咧摆脸子，对待婆婆更跋扈，无故刁难找事端。儿媳和儿子，三天一小吵，五天一大闹，成天吵着要离婚。这样的儿媳妇要不起，赶快离婚找一个。

不像话！八鸽劝说朋友一番，又找到那个儿媳想说合。

不料想，那个媳妇太过分，竟骂八鸽狗拿耗子多管闲事！气得八鸽直发抖，罢！罢！罢！人在做天在看，行善自会有善报，行恶终有恶来寻。那个媳妇离婚后，又找了一家人，住进六层新楼房。本以为，从此以后享富贵，摆脱贫穷把身翻。谁承想，和男人争吵发脾气，一怒跳下高楼去。也多亏，电线电缆拌一下，抢救多时保住命，摔成残废无人理，和老母，节衣缩食度残生，坐在轮椅悔断肠。

巫老板请八鸽到大酒店去吃饭。办公室小李羡慕不已，看看人家八鸽，有人入会还请吃饭，八鸽就是不一般。没想到，八鸽回来气呼呼，脸色铁青吓死人。巫老板，老会员，早有传闻他变态。骗女人，好手段，骗到手来强施暴。女人羞，难启齿，更让他，有恃无恐越嚣张。八鸽转身付了账，谁把畜生当人待！

上门女婿

早晨刚一上班，同事张三就拿着一张报纸来找我，她的会员想见见我的会员。

哪一条广告？

上门女婿呗！

张三指着报纸上的一条征婚广告说。我仔细一看，上面写着"独生女，26岁，1.65米，自开公司，有车房，欲觅一位30岁以下，1.7米左右，有上进心的男士为伴共同发展，地域不限、城乡不限，上门也可。"

这个呀！我一乐。他是什么条件？

无房、无工作、无学历，就是有上进心。

"三无"产品啊，不行，不行。

刚打发走张三，李四也拿着报纸找我，她的会员看见了报纸上的广告，也要求见广告上的女孩。我正接着热线电话，冲李四摆摆手。

一会儿，经理也来找我，也是会员要见广告上的女孩。我不能像刚才打发同事那样打发经理，我告诉经理，我刚刚给女孩介绍了一个，女孩说先了解了解。

一阵手机铃声响起，我接起来一听，是那个要入会、想当上门女婿的小伙子，我告诉他地址，上楼找我。

小伙子叫白梦龙，今年29岁，1.78米的个子，浓眉大眼，一表人才。他从村里出来在一家饭店打工，干了几年，也学会了炒菜，将来自己再开个店，在城市立足不成问题。他看到了报纸上的广告，不禁怦然心动，小饭店算什么？要干，就干一番大事业，找一个城里女孩，上门更好，开个大公司，开着小车，住着楼房，村里人还不羡慕死呀。二狗去年回家，只不过找了一个城市女孩，便不可一世地到处显摆。我不仅找了城市女孩，还有大公司，还开着小轿车，让那个嫌贫爱富的二妹爹后悔去吧，你家傻二妹就是哭着求我娶她我也不干！

白梦龙入了会，和女孩见了一面。女孩说，她对男方要求不高，只要双方有共同语言，有缘就行。白梦龙说女孩不错，无奈我和她无缘，我们是有缘无分。

我安慰他不要着急，咱们可以再选，公司里两万多会员，就碰不见一个有缘人？白梦龙想想，我说的也有道理，也就不再提那个女孩了。

我给他介绍了一个小学老师，他不满意，嫌老师太过古板，又没有房子。

我又给他介绍了一个超市女孩，女孩嫌他没房没车，不欢而散。

后来，又给他介绍了一个移动公司的女孩，也没了下文。

我决定晾一晾他再说。

过了一段时间，白梦龙兴冲冲拿着报纸找我，要见报纸上的女孩。我拿着报纸一看，也是一个上门女婿的广告。同事说，刚刚给女孩介绍了一个，女孩说先试着处一处。

我劝他，要把态度放端正，面对现实。你看上了这个女孩，而这个女孩没看上你，这叫有缘无分；女孩看上你了，你没有看上女孩，那叫擦肩而过；你看上女孩了，女孩也看上你了，才叫有缘千里来相会。

白梦龙点了点头。

我以为他开了窍了。

不料，没过几天，白梦龙又拿着报纸来找我，还是想当上门女婿。

我挠着头皮发愁，上门女婿对他的诱惑太大了。不劳而获，还能光祖耀宗，谁不想啊。

那就让他多撞几回南墙吧，也许能把他撞醒。

没料到，过了一段时间，白梦龙领着一个女孩来到我的面前。介绍说，这是他的女朋友，愿意让他去她家上门。女孩开着一个公司，他现在已经去了那家公司上班，现在他们一起经营公司，过段时间再结婚。

我为他们祝福，有缘千里来相会。

一天，我正在向同事讲述白梦龙的故事，没想到白梦龙突然闯了进来，连呼上当受骗。

原来，女孩傍着一个公司老板，老板娘发现这段时间老板不对劲，盘查老板，被老板稳住，蒙混过关。不得已，老板和女孩分手，作为补偿，老板承诺女孩，让她管理一家分公司。

女孩到白梦龙他们饭店喝酒，醉倒在饭店，被白梦龙送回家中。自此，二人相识，坠入爱河，决定共同发展，走自己的路。

不料，老板娘获悉女孩管理分公司，勃然大怒，把他们赶出了公司。

后来就再没见白梦龙。

有人说，白梦龙从这个事件中受到了启发，这个老板，走的就是上门女婿的道路，老板成了他的偶像，更坚定了他要当上门女婿的决心。

也有人说，白梦龙租了一间小门面房，开了一间小饭店，和那个女孩共同经营着，吃不饱也饿不死，过着平稳安定的生活。

还有人说，白梦龙回到了家乡，在附近的镇上开了一间大饭店，效益不错，很快就出了名。不久，他又开了一家旅行社，将饭店和旅店组合成一个集旅游、观光、餐饮为一体的大公司……

远程定位

　　王晋坐在出租车里，一会儿低头看看手表，一会儿又抬头看看前面，焦急地催促着司机：快点！快点！再快点！恨不能自己代替那四个车轮飞速前进。偏偏急病人遇上了慢郎中，前方十字路口突然亮起了红灯。王晋一下子靠在椅背上，心里不住地向老天祈祷：老天保佑姗姗最好去得晚点，老天保佑姗姗心情好点，老天保佑姗姗不会怪我迟到。快变！快变！快一点变成绿灯！

　　别急，看我的。出租车司机两只眼睛迅速向左右一瞟，转动方向盘，驶向了旁边的路段，绕了半圈，躲过红灯继续前行。

可以啊！王晋不由得重新打量了一番司机：圆圆的脑袋胖胖的脸，洗得发白的蓝色西装紧紧地裹住肥胖的身子，白衬衣的袖口已经磨了边，一双黑皮鞋上也是不太干净，虽然衣着简朴，可一双小眼睛骨碌骨碌地乱转，一看就是精明之人。

到了公园门口，王晋急忙掏钱给了司机，快速奔向公园。

姗姗已经站在公园门口。王晋急忙朝姗姗走去，一边走一边道歉：对不起，我来晚了。

姗姗微微一笑：不晚，我也是刚到。

两人便向公园里面走去。王晋一会儿抿嘴笑一下，一会儿偷着乐一下。姗姗看着一反常态的王晋问道，你乐什么？王晋终于按捺不住心中的喜悦说，我给你买了一款你最喜欢的白色手机，你看看怎样？

是吗？

姗姗欣喜地朝他望去。只见王晋把手伸进口袋。忽然，王晋的手像是被蛇咬了一般，僵住不动，脸上的笑容也迅速冷却，手机不见了！

怎么了？

手机丢了！

姗姗的脸色忽然一变，刷地拉下脸来：你要是想让我高兴，说点别的，咱别整这虚的。行不行？

王晋急忙解释：不是虚的，这次是真的！

哪一次是虚的？

哪一次也不是虚的！我看见你挺喜欢你朋友用的那款手机，就攒钱给你买了那个白色的手机。真的，不骗你。

手机呢？

可能是落在出租车上了吧？你让我想想，我今天下班有点晚了，怕你等得着急，没坐公交车，打出租车来到这里，在车上还玩了一会儿手机。对了，我想起来了，肯定是落在出租车上了，下车走得着急，光顾给司机掏钱把手机落在车上了。

出租车票呢？

走得着急没顾上要。

还是的吧，编，继续编，要不要我帮你编？

王晋都快哭了：不是编，是真的！

我最讨厌你这点了，有就有，没有就没有，实在点。我又不嫌弃你穷，可是你看你……

姗姗话没说完，就气冲冲地出了公园门口，打车走了。

你等等我！等等我！王晋紧追慢赶还是没追上姗姗，扶住路边的一棵大树站住，大口大口地喘气，双眼呆呆地望着出租车扬起的尘土，望土兴叹。

　　王晋和姗姗恋爱快一年了，姗姗却一再误会他，使他有点气恼，又有点愤愤不平，可又无可奈何。

　　那次和姗姗约好一起逛街，谁知出门时小李非要跟他去，没办法，只好带上小李一起逛街，惹得姗姗很不高兴，你是跟我逛街还是跟她逛街，你要是想跟她逛街，就别叫我。王晋竭力解释，她非要跟上去我有什么办法？姗姗一听，非常生气：你连这么简单的问题也解决不了，我还敢嫁给你？再说，你跟她到底是什么关系，为什么她要跟你一起逛街？

　　经过王晋再三解释，最近才言归于好。

　　姗姗的朋友结婚，姗姗叫王晋和她一起去参加婚礼，是想让她的朋友认识王晋、接受王晋。谁知王晋自卑，姗姗的朋友不是高干子弟就是干部子女，他一个村里来的农民岂敢和人家坐在一起？可姗姗已经在朋友面前把他夸上了天，他的失约，让他的形象从天上落到了地下，让她在朋友面前丢尽了脸，好几天不和他说话。

　　这次，本来买手机送她，就是想让她在朋友面前长脸，想让她高兴，谁知手机却让自己弄丢了，弄巧成拙，他恨不得狠狠地抽自己两耳光。

　　王晋的面前再次亮起了红灯，死胖子！别让我再遇见你！他想起了那个胖胖的出租车司机，那个司机住在哪里，会不会再次遇上？转念一想，他捡到你的手机，躲你还来不及呢，还让你再次遇上？看见你，他宁可绕道走也不会和你打照面。

正在这时，王晋的手机忽然传来了一张照片，王晋仔细一看，正是那个胖胖的出租车司机。这才想起自己曾下载过360软件，设置过防盗措施。

看着那个胖胖的司机，王晋立刻想到，依那个司机的精明强干，当然不会把天上掉下来的馅饼拱手送人，不用说经济条件差点，就是经济条件好，他也一定不会错失良机。他捡到自己的手机，连续输了两次密码，都没输对，手机系统便自动把他的头像摄了下来。

刚才的沮丧一扫而光，王晋立刻精神百倍地托人查找起来。查找路过的十字路口的摄像，查找远程定位系统，发现这个司机极有可能住在西枫苑小区。到西枫苑小区询问保安，保安说：这个小区倒是有一个出租车司机，但是这个司机很瘦，根本不是你要找的这个胖司机！

刚刚亮起的绿灯眨眼又变成了红灯。

王晋无精打采地坐在办公桌前，最近的麻烦让他筋疲力尽心灰意冷。同事问他怎么了。王晋就把丢手机的事说了一遍，同事说，西枫苑有两个小区。你再去另一个小区问问。

　　王晋急忙跑到另一个小区询问，果然找到了那个司机，也找到了那个白色的手机。

　　王晋和姗姗重新和好，并且定下了结婚日期。王晋看着手机上的那个远程定位系统，感慨不已，多亏自己设置了防盗措施，不然的话，不仅是手机丢失，他和她的婚姻也可能完了，他和她的关系也就永远结束了，任他怎么解释也解释不清。为了安全起见，看来和姗姗之间也要设置一个防盗系统。不过，可不能用360防盗系统，要建立一套行之有效的防盗系统。感谢360远程定位系统，不仅保住了丢失的手机，也保住了自己和姗姗的关系，保住了自己的婚姻。Ok！360防盗系统！我要在网上给它点赞，让所有的人都用上360防盗系统。

百 灵 鸟

　　窗外，一只美丽的小鸟飞来，冲着她"喳喳"地叫着，似乎在召唤她"飞吧飞吧"。她冲小鸟笑笑，小鸟又飞走了。

　　窗内，她坐在洗衣盆旁，双手揉搓着一件男人的工作衣。她一边洗着衣服，一边哼着欢快的小曲。盆里的水已经黑了，盆外还放着许多衣服，有铁蛋的、婆婆的，当然还有她自己的。

　　困了，她站起来直起身子，活动活动腿脚，看到了镜子中的自己：高挑个子、大眼睛、白净的脸上小嘴红红的，小嘴旁的美人痣更是迷人。

　　她叫灵儿，二十三岁，从山沟来到矿区，经人介绍，嫁给了铁蛋。铁蛋小时没了爹，与母亲相依为命。长大后到矿上上班，三十三岁了还没娶上媳妇。一是穷；二是长得黑不溜秋，个头还低，眼睛还小，没人待见。看到了百灵鸟一样的灵儿肯嫁给他，乐得小眼睛眯成了一条缝。

　　他母亲不同意，认为灵儿有问题，这么俊的闺女，不要一分钱的彩礼，图啥？无奈铁蛋喜欢，将灵儿娶进家中。

　　一低一高，一黑一白，一丑一俊，两人走在路上，有人羡慕，有人妒忌，有人感慨一朵鲜花插在了牛粪上。

　　铁蛋不管那些，惬意地沉浸在自己的爱情里。每天下班一进门，灵儿就端上了热乎可口的饭菜，再温上一壶小酒，喝得铁蛋晕晕乎乎。

　　这天，铁蛋下班回来，灵儿像饭店里的服务员一样，从厨房端出一盘盘凉菜，一边走一边吆喝，"黄瓜拌豆腐干丝一盘""豆芽粉条一盘""花生米一盘"。她把凉菜放好，又进厨房炒了铁蛋爱吃的过油肉、烧茄子和婆婆爱吃的炒鸡蛋。

　　取出三个酒杯，给婆婆、铁蛋、自己都倒上酒，端起酒杯祝铁蛋生日快乐。

　　婆婆喝了一口，赶紧夹菜。铁蛋一饮而尽，夹起一片过油肉放进嘴里，却又吐了出来，呸，你炒的什么菜，这菜能吃？

灵儿端起酒杯刚想喝酒，看见铁蛋把肉吐了出来，连忙放下酒杯，夹起一片过油肉放进嘴里，没有言语。

婆婆也夹起一片肉尝了尝，有点发干，但色香味恰到好处，便疑惑地问，你今天怎么了？

铁蛋黑着脸不吭声，又夹起烧茄子吃了一口，说了句没胃口，就撂下筷子走了。

一向爱挑剔的婆婆见铁蛋有心事，急忙安慰灵儿，不用管他，就这狗脾气，一会儿就没事了，你不要放在心上。

原来，今天上班，矿上的领班训斥铁蛋干活慢慢腾腾，还恶语相向，说铁蛋癞蛤蟆吃天鹅肉，撞上狗屎运了。铁蛋不服，和领班吵了起来，被人们拉开。

铁蛋愤愤不平，俺就癞蛤蟆吃天鹅肉了，俺就撞上狗屎运了，你怎么着？你倒是想撞，还撞不上呢！

有人看见领班想跟灵儿套近乎，被灵儿拒绝。

铁蛋给灵儿赔礼道歉，他把工资全部交给了灵儿，老婆，想穿什么买去，不要委屈自己！

灵儿笑嘻嘻地接过钱，我的衣服不少了，不用买了。她留下一点生活费，剩下的钱交给婆婆保管。

灵儿对婆婆也很孝顺，给婆婆梳头、给婆婆端饭，和婆婆一起买菜讨价还价。婆婆对她也不错，只是不时话里有话，狗娃家的媳妇生了，二牛家的媳妇怀上了，言下之意，要抱孙子。

铁蛋说，不急，不急。又不是去买白菜，想买就能抱回一个来？

灵儿低头不语。

天有不测风云，人有旦夕祸福。矿上出了事，铁蛋不幸遇难。矿上给了十五万的赔偿金，婆婆紧紧地攥在手里，不错眼珠地盯着灵儿，生怕她卷走铁蛋的卖命钱。

忽然有一天，一个男人找上门来，要带她走。她死活不走，口口声声宣称，和他已经一刀两断一了百了了。

原来，她嫁给铁蛋以前，确实结过婚，男人做生意赔了，让她来矿区"嫁死"，拿到钱给他还债。铁蛋的真心感动了她，借口到城里看病，其实是回去办离婚手续了。

窗外，一只小鸟飞来，冲着窗户"喳喳"地鸣叫。窗户内，一个孩子爬到窗户前喊着，奶奶，鸟鸟！

奶奶急忙走到窗户前，抱住孙子，乖乖，快下来，小心摔着。

鸟鸟。

让妈妈买。

灵儿生下小铁蛋，婆婆要撵她走，年纪轻轻，出去寻个好人家。她不走，接手了一家小超市当了超市店长。

一　诺

老丈人叫女婿，柱子你要第一个给我打蓝靛！柱子却说，爹，我已经答应了别人家，给人家打完再给咱家打。

何为蓝靛？为何要打？原来是一种染布用的蓝色液体，由种植的蓝草沤成。谷雨播，夏至栽，立秋之前要收割。沤入蓝池五六天，沤出蓝液存水井。水井旁，多个瓮，其中一个是石灰瓮，其余皆为打蓝瓮。蓝液不能放太久，时间长了会变质。沤完蓝液要搅打，过期作废不能用。白天打，黑夜打，不管刮风下雨天，全家老少齐上阵。有人家，人手少，就得雇佣帮工打蓝靛。这时候，柱子就成了香饽饽，人人争来家家抢。

柱子能，柱子巧，领头人之中他的技术最叫好，打出了蓝村打出了蓝县城。老丈人，好眼光，看上了柱子把兰儿许给了他。

这一年，又到了打蓝靛的季节。老丈人前村后街吹了个遍，今年柱子第一个给我打蓝靛！谁承想，柱子竟敢答应了别人家，他还想不想当这个上门女婿了？

老丈人气得胡子直颤抖，烟锅袋子敲得"啪啪"响，怒气冲冲质问柱子：你到底是答应了谁家，他竟然比我这个老丈人还重要？

是你舅舅家？

不是。柱子爹娘死得早，全凭舅舅拉扯大。真要答应了舅舅家，老丈人也不能怪柱子。

那是张村长？

也不是。张村长每年都要请柱子，柱子要去给张村长打，老丈人也能理解他。

老丈人奇怪：既不是你舅舅，也不是张村长，还会是谁？

柱子说，是刘大叔。

哪个刘大叔？

就是村东的刘万福大叔。

就是那个被张村长霸占了房子气死的刘万福？

　　是啊。刘大叔活着时，就让我给他打蓝靛。如今刘大叔死了，剩下孤儿寡母更可怜。我觉得，做人就该讲信誉，一诺千金永不悔。

　　兰儿生下了小柱子，一家人逗着孩子乐融融。

　　阎锡山的部队在县城征兵员，张村长举荐柱子去当兵。没办法，柱子和大宝等人被拉走。老丈人愤愤不平找张村长去说理，被张村长家的狼狗撵出了院门口。老丈人又到县里去告状，被差人轰出了县大门。回来一病倒床上，胸脯气得鼓鼓的，眼睛瞪着房梁不言语。兰儿和娘一起劝，当兵就当兵，又不是就咱一家人。

　　柱子托人捎回话，部队安好莫挂念。家人这才放下心，老丈人的病情逐渐好。

　　张村长不知听谁讲，柱子被营长女儿看中选为婿，活灵活现到处嚷：穷小子走了狗屎运，到了部队也吃香！

　　老丈人闻听跳起来，柱子要是真的变了心，我打断狗小子两条腿！

　　兰儿哭哭啼啼怨命苦，兰儿娘连声不迭骂柱子是陈世美。

　　老丈人要去部队被劝阻，你偌大年纪不能去，有个三长两短我们可怎样活？

　　兰儿表哥自告奋勇去找柱子，谁知一去无音信。

该打蓝靛了，打蓝靛的人却迟迟未归。老丈人没法，只能从外村雇人打蓝靛。

这一天，老丈人正和大家一起打蓝靛，从门口走进一个穿着军装的年轻人，看着眼熟不知是谁。年轻人问，这里是不是高铁柱高连长的家？

柱子当连长了？

是高铁柱家。

年轻人一看大家没认出他，连忙说自己是大宝。大宝递给老丈人一封信和一个包裹，说是高营长派他送信和包裹。

老丈人不识字，大宝捧着信念起来。信是柱子的营长写来的。营长说柱子在一次战斗中为救战友不幸遇难。营长本来准备亲自来，无奈有事走不开，派大宝给柱子家人送来信和一些钱物。

柱子死了？

怎么死的？

那一日，我们在河口被吴佩孚的部队包围，浴血奋战冲出了包围圈。柱子为救病重的我负了伤，没想到，柱子让我抄写的笔记本落在了阵地上，柱子重新返回去抢回了笔记本，人却……

笔记本？

什么笔记本？

大宝和老丈人解开了蓝包裹，有银钱，有衣服，有一个漂亮的簪子和小玩具，还有一个带血的笔记本。

大宝指着笔记本说，这是柱子答应刘万福儿子，让我抄写下来的打蓝靛本。

打蓝靛了！

不知是谁一声喝，老丈人和大宝他们拿起木槌打起了蓝靛。蓝靛旁，穿着水蓝布褂的兰儿捧着笔记本泪水涟涟。笔记本上的鲜血像朵花，笔记本上的鲜血美如画，笔记本就是柱子留给兰儿最美的礼物！

有情千里来相会

屋门开了，穿着水蓝布褂的兰妹走进院里，那双大大的黑眼睛向院子里的你们望去，双层眼皮，不，是三层眼皮，不，是四层眼皮，吸引着你们的眼光。乌黑发亮的长辫子在身后甩着，她的肩上搭着一条毛巾，她的手里端着一个盘子，盘子里放着三碗水。你的心跳立时加快，你的呼吸变得急促。

这时，你持木槌的双手已经停下，木槌扔在瓮里，瓮里的蓝靛（一种染布用的蓝色液体）还在晃动。你的额头鬓角淌着汗水，你的前胸后背也已被汗水浸透。

兰妹向你走来，递给你毛巾擦汗，又给你一碗水喝。

你看一眼兰妹，羞得兰妹涨红了脸低下了头。

兰妹，兰妹，我也要擦汗！我也要喝水！二牛手中的木槌也已放下，冲着兰妹高声喊道，臊得兰妹把碗放下，跑回了屋里。

你把毛巾扔在二牛的脸上，顿时盖住了那张调皮脸饶舌嘴，逗得一旁的三小笑弯了腰。

二牛取下脸上的毛巾，擦了一把脸上的汗水，又把毛巾递给了三小，端起碗一饮而尽，放下碗用手抹了一下嘴边的水渍，学着你的腔调，唱起了打蓝靛的歌：打一瓮蓝靛出了几身汗，哥把那兰妹妹巧打扮。

三小也跟着起哄：哥把那兰妹妹巧打扮。

傍晚，你和月亮一起回到了许家村。阔别许家村八年，这里的水，这里的草，这里的土地，这里的人，都让你感到亲切暖人。你这次回来，是来接兰妹随军的。不知为甚，你托人给兰妹写的信，兰妹始终没有给你回，舅舅也含糊其辞。这是怎么了，是送信人没有送到，还是兰妹不在家中，或许是兰妹早已变心嫁与他人？

一只兔子，猛地跳进了你的心里，砰砰乱跳：兰妹嫁给了县里的张公子？张公子一直在追求兰妹，兰妹的父母也相中了张公子，却被兰妹婉言拒绝。自己走后，兰妹拗不过父母，被迫嫁给了张公子？在喜庆的锣鼓声中，穿着红嫁衣的兰妹，坐着花轿，到了县城，进了张府，成了张太太？

不会。不会。肯定不会。

你一遍一遍地否定着自己的胡思乱想。你向舅舅询问。你以前常到舅舅家帮忙，帮着舅舅家打蓝靛，也给兰妹家打蓝靛，舅舅叹了口气，可怜的兰妹，自你走后，她弟弟也当了兵，她爹病重，全是她和妹妹跑前跑后地招呼。她爹死后，她娘带着她和妹妹就离开了许家村，回了她姥姥家。

你的心一沉，想不到兰妹家发生了这么大的变化？你疾步向兰妹家走去，当年打蓝靛的大院，瓮子还在，人却不见，成了荒无人烟的杂草地，凄凉无比。你又到兰妹的姥姥家寻访，邻居说，兰妹娘死后，她们姐妹就离开了这里，一直没有回来。

兰妹啊兰妹，你在哪里？你不甘心，又派出人四处打探，仍然没有兰妹的一点消息。

七夕这天，你正在城外巡逻，一个士兵来报，一个女人找你。这是一个中年女人。她哭哭啼啼地向你哭诉，她的女儿，被当了官的女婿抛弃，那个女婿就在你的队伍中！

你的眼眉倒竖，你的眼睛喷火。派人找出那个当了官的女婿，确认无误，撤销官职，令其回家。

那个中年女人一惊，倒头便拜：谢谢大老爷！谢谢大将军！

一旁好友向女人介绍着你：我们任大人不仅打仗勇敢智勇双全，还是有情有义的好男人！巡抚大人要将女儿许配于他，这是天大的好事！可他偏偏不从，他说，他在家已经有了婚约，就连当今圣上也对他刮目相看！

女人走后不久，又返了回来。她的身后，还跟着一个女人，似曾相识，一时又想不起来在哪里见过。

那个女人也定睛向你观望，试探着：你是任守信大哥？

我是任守信。你是？

我是小妹，兰妹的妹妹。

你真的是小妹？

我是小妹。

你姐姐现在哪里？

我们都在"悦来客栈"，小妹用手指指那位中年女人，这位就是"悦来客栈"的老板娘。

你姐姐怎么没来？

我姐姐这会儿还在外面打探你的消息。原来，兰妹的娘去世后，兰妹要出来找你，小妹也要出来陪着她找你，妹夫不放心两个女人，也和她们一起出来找你。

你和小妹坐在"悦来客栈"的桌子旁边，一边喝水，一边等着兰妹。老板娘把客人都让到别家客栈，专门招待你们。

你目不转睛地望着门口。一个中年女人走进客栈，被老板娘送走；一个年轻女人向老板娘问路，老板娘热情指引；一个男人和一个女人走进客栈，老板娘起身给你们做了引见。

男人高大魁梧，女人小巧玲珑。你的眼睛停在了女人的身上。女人穿着洗得发了白的水蓝布褂，挽成一个髻的头发上，灰扑扑的，大大的黑眼睛里惊喜万分，双层眼皮，不，仍是三层眼皮，不，仍是四层眼皮，依旧令你怦然心动不能自制。

任哥哥！

兰妹妹！

"干杯！"老板娘摆上最好的酒菜，祝贺你们有情人终成眷属。

"干杯！"你和兰妹双双举杯，祝愿天下所有的有情人，都能团圆幸福美满。

合 欢 树

　　清晨，晨雾散尽，太阳升起，一个黑衣女子亭亭玉立在合欢树下。粉色的绒花已经绽放，黑衣女子正凝目观望。

　　粉花、黑衣。娇艳、凄美。

　　突然，一阵狂风刮来，绒花摇落了温馨暖人的阳光，摇落了黑衣女子痴痴的目光，也摇醒了黑衣女子。

　　她急忙脱下外套想护住合欢树。谁知，强劲的狂风把她的外套瞬间刮得无影无踪。

　　无奈的她，只能用自己单薄的身躯护着合欢树。可是，狂风却不买她的账，毫不留情地向她刮去。

　　看着风中摇摆的合欢树，她忆起了她和他第一次见面就是在合欢树下。那天，她路过合欢树下，看见粉红的合花格外美丽，不由驻足观看。恰好，他也从树下经过，两人都愣住了。她见他：一身青衣打扮，浓眉大眼高大魁梧。他看她：白衣飘飘，柳眉杏眼娇小玲珑。她脸一红，羞怯地低下了头，她的心却怦怦乱跳，手足无措。

他也意识到自己的失态，慌忙离去。没想到，世上竟有如此娇羞美丽楚楚动人的可人女子？

不料，他竟然来到她的家中！她悄悄偷窥他一眼，急忙躲到里面。原来，他是来找父亲的，他让父亲为他打造一把匕首，一把锋利无比的匕首。

她更没料到，他就是那个赫赫有名的荆义士！有关他的传说，神乎其神，什么荆义士勇斗五虎救助孤寡老人啦，什么智擒七魔替天行道啦。早已闻名，却从未见过。今日一见，果然名不虚传。

从此后，她的脑海里全是他的身影，他的传奇故事、他的伟岸身躯、他的浓眉大眼，甚至连他的笑、他的愁、他的怒，都深深牵动着她的芳心。

一天，她和妈妈在集市上买针线，一地痞混混欺辱老人，被荆义士看见，将地痞混混赶跑，并搀扶起老人，这使她对荆义士更敬佩了。两人逐渐熟悉，相知相爱。却遭到双方父母的强烈反对。她的父母认为做人要讲诚信，要她嫁给从小就订下的邻家小木匠。再说，咱们一个铁匠家庭，怎可高攀荆义士那样的大人物？

他的父母认为人家姑娘早已订亲，绝不能破坏姑娘的婚姻。另外，咱一个跑江湖的，每天提着脑袋讨生活，不定哪天就把命也丢了，让人家闺女嫁过来不是祸害了人家？

她又哭又闹，不愿嫁给小木匠，非要出去寻找荆义士。父亲让母亲把她锁在家里，不许她和他见面。母亲也苦口婆心地规劝，女儿啊，你父亲也是为你好，荆义士好不好？好。可他干的营生太可怕了，不是他杀别人，就是别人杀他。万一哪天他出去回不来，你不就成了寡妇，你一个人怎么生活？

她说，我不怕。如果他真的回不来，我成了寡妇，也就认命了。

胡说！母亲锁上门走了。

傍晚，他和她约好在合欢树下见面，她却出不了门，急得她一会儿坐下，一会儿站起，一会儿又从怀里掏出绣好的荷包看看，看了一会儿，又把荷包装进怀里。

突然，她听到一阵轻微的响动，门开了，她以为是母亲来了，却看到小木匠走了进来。平日里，她连正眼也没瞅过小木匠一眼，没想到是小木匠来帮她。她感激地看了小木匠一眼，急忙奔了出去。

合欢树下，他与她道别。他劝她把他忘了，与小木匠好好生活。这次，他是去秦国，刺杀那个万恶不赦的大魔头。

他送给她一柄短刀留作纪念。她送他一个绣着合欢树的荷包，期盼他平安归来与她欢聚。

她恋恋不舍地望着他，他毅然决然地走向前方。她站在树下目送他离去，直至看不见他的身影。

经过激烈厮杀，他失败身亡……她痛不欲生，她要去寻找他的尸骨，却被父母阻拦。她悄悄扮成男装和小木匠到了秦国，寻遍秦国，也没找到他的遗骸，只找到当初她送给他的荷包。回到家里，她将他送给她的短刀和那个荷包一起埋到合欢树下。有人说，合欢树也叫苦情树。据说虞舜南巡苍梧而死，他的妃子娥皇和女英遍寻湘江也没寻到，二妃终日哭泣，泪尽滴血，血尽而死，逐为其神。后来，人们发现她们的灵魂与虞舜的灵魂"合二为一"，变成了合欢树，昼开夜合。

夜晚，月亮高挂空中，星星向她眨眼。她脱去黑衣，摇身一变，变成一朵粉花，飞到合欢树上，合欢树上的合花紧紧地合在一起。

一阵狂风吹来，远处站着的小木匠急忙过来，脱下衣服急欲护着合欢树，狂风并未减弱势头，愈发猛烈，立时把小木匠的衣服吹得踪迹全无……

世态万象

舞蹈大师

　　古蒂在中场晃过一名防守员，一个"直推"，将皮球塞给守候在禁区边沿的罗纳尔多。在对方三名后卫的包夹下，罗纳尔多将右脚踩在皮球上，飞快地用脚掌将球斜推给跟在一旁的齐达内。

　　快晃左边！

　　快晃右边！

　　快把球踢过去！

　　他着急地替齐达内喊着。

　　然而，具有"舞蹈大师"美称的齐达内，既没有从左边晃到右边，也没有从右边晃到左边，也不想将皮球从防守员的裆下穿过。只见他站在原地，来了一个芭蕾舞式的单腿旋转，在禁区边缘转了360度，立刻将对手摆脱。

对方的守门员早已茫然不知所措，齐达内稍作停顿，立刻射门。

哇！

虽然皮球弹出了门框，却博得了一阵阵雷鸣般的热烈掌声。

他坐在电视机前面，目不转睛地注视着这场足球比赛，如痴如醉地欣赏着法国人齐达内的精彩表演，仿佛身临其境一般，让他热血沸腾。

是啊，每个人都可以做个舞蹈大师，齐达内是足球运动场上的舞蹈大师，他自己又何尝不是职场上的舞蹈大师呢？

想起当初玩命工作时的情景，那才叫分分秒秒抢时间呢。那天，都晚上8点了，他的工作还没做好。他联系了一个学校，做了一批申报信用卡的单子。其实已经差不多做完了，只是还要上报总部审批，每个人的名字、身份证号及电话号码，一个都不能有错，否则将前功尽弃。再说，还没达到他自己的要求。他一向要求自己做到最快最好尽善尽美。就像一个舞蹈大师一样，必须是最好的、最美的，就像一件艺术品一样，让人赏心悦目。

他的肚子早已饿得咕咕叫了。这时，同事订的快餐送了进来。他和大家一样，狼吞虎咽地吃完，继续工作。

有一天，老同学有事找他，叫他出来坐坐。他也想和老同学坐坐，一看这一天的时间安排，只有晚上6点到7点一个小时的时间。老同学坐到一起，一个小时哪够用？

他跟老同学一说，老同学说一个小时就一个小时。谁知到了晚上6点，公司一个电话，又把他召了回去。他只好给老同学打电话道歉，以后再约时间。

他从小就爱看足球比赛，也喜欢踢足球，特别是进球的那个瞬间，那种感觉特别让他振奋。最让他佩服的人就是足球运动员齐达内。就像齐达内的这个旋转动作，据齐达内自己说，他已经练过不止一千次，而是数个一千次。自从齐达内开始踢足球以来，就开始了这种旋转动作的练习，只有在绝对掌握了球权的情况下，才能使用这个动作，旋转，华丽地进球。

"左右开弓"，也是齐达内的一个巨大优势。因为在职业足球运动中，很少有人能做到左右开弓。英国人贝克汉姆是特别出色的右脚球员，他的左脚就很难与右脚媲美；罗伯特·卡洛斯拥有一只"打桩机"式的左脚，他的右脚却鲜见出彩。齐达内能够做到左右开弓，也是他勤奋锻炼、细心研究的成果。

身兼二职，是他调节工作压力的一种手段。每当他工作累了，写一篇小小说，把自己的感悟、心得、体会写出来，不仅缓解了压力，还另有所得。

齐达内最信奉的一句话是："勤奋，勤奋，再勤奋。"

他最信奉的一句话是："努力，努力，再努力。"

不管是齐达内，还是他自己，每一个想要成功的人，都必须勤奋，勤奋，再勤奋；努力，努力，再努力。

齐达内多次荣获世界足球先生的桂冠。齐达内的芭蕾舞式的进球、巧妙的控球技术及沉着冷静的判断，使他一次次在足球运动场上展现着自己的风姿。

因他工作出色，荣获"十大杰出青年"的称号；因他做过几个单位的漂亮的成批的单子，博得"职场上的舞蹈大师"的赞誉；多次被评为"优秀员工"，他的名字在全国各地的分公司的业绩单上都标在了第一位。

忙碌的工作使他没有时间会友，没有时间看足球比赛。经过很多事情的历练，他懂得了如何生活，既要勤奋努力地工作，也要适时地休息娱乐。

今天，他给自己放假，观看足球比赛，不仅放松了紧绷的神经，还欣赏了一场难得一见的艺术表演——足球场上的芭蕾大师齐达内的精彩表演。

陶　自　强

　　一个月亮高挂空中的夜晚，我枕着话筒遇见了陶自强。

　　那天晚上，我刚刚做完一个漂亮的手术，很惬意地走出了医院。每逢遇见疑难手术，院长总要我亲自主刀，用李大夫的话说，"你不做谁做？这个医院谁的水平还能高过你"？

　　走在小桥流水的街上，看着高高悬挂在空中的月亮，舒展着有些僵硬的胳膊和腿脚，由于全神贯注做手术，腿脚也有些僵硬了，索性散散步吧。

　　好多出租车司机以为我要坐车，有的司机将车慢慢地开到我的跟前，想要载我，等了一会儿，看见我没有上车的意思，便慢慢离去，似乎还在期待我向他招呼。有个司机开到我面前，大声问我："师傅，走不走?"

我走了好一阵，也有些累了，便上了这辆出租车。是啊，每个司机，每个人，当他奔向一个目标时，有的人自卑胆怯，有的人自信胆大，自卑的人失去了目标，勇敢的人找到了目标。

在车上，我忽然发现了一个熟悉的身影，连忙叫司机开慢些。仔细望去，原来是陶自强，便叫司机停车，我下了出租车。

陶自强是从农村来的，有些自卑。一天，陶自强口渴了，想要喝水，就拿着杯子到饮水机前面接水，正好有人也过来接水，陶自强便远远地让开，等别人接完水他再去接水。有的人欺负他，故意在他准备接水的时候抢上前去接，陶自强也不敢言语，耐着性子等这个人走后，再去接。

周六的一天，陶自强在宿舍里无聊，便来到科室。正好有一个值班大夫有事想出去一会儿，就想让他临时顶班。另一个大夫说，你也敢用他顶班，出了事谁负责? 陶自强自己也不敢贸然应承，那个大夫只能望陶自强兴叹了。

陶自强喜欢上了院长的女儿美丽。每天只要能看上她一眼，陶自强就心满意足了。每当她穿着高跟鞋咔咔地走进医院的大门时，他就高度紧张起来。听见她悦耳动听的声音，他就竖起了耳朵；看见她向他走来，他便脸红心跳急忙躲开；当她和他说话时，他便结结巴巴不知所措。

看不见她，他便心慌意乱胡乱猜测，她是不是感冒发烧不能来医院上班？是不是家里发生了什么意外不能上班？是不是出了车祸不能上班？随后，他又会责骂自己，为什么不能想点好事。只有看着她精神抖擞地穿行在医院，他才安心。

但是，他从来不敢主动表示爱慕之情，只能一个人默默地单相思。

陶自强看见我从出租车上下来，立刻站了起来。我问他在这里做什么。他说没事，晚上无聊，出来走走。

走走？我有些怀疑陶自强有些慌乱的眼神。看着那条熟悉的小道，我忽然恍然大悟，这条小道，是院长女儿回家的必经之路，他是在等院长女儿回家！

既然他不愿多说，我也不必多事八卦。其实，你爱她，你就勇敢地向她表白，哪怕遭到拒绝，也要试试，不试，你怎知她的想法？

"你做什么美梦呢，亲爱的？"一个女人柔柔的声音在我耳边响起。

我在睡觉做梦？还有这么真切的梦？

我睁开眼睛，看见美丽在我耳边呢喃。

"陶自强，你准备向谁表白呢？你可不许向别的女人表白。啊？"院长的女儿美丽问我。

"向谁表白呢。你让我想想……可能是……向一个漂亮的美眉表白吧。"

"你向哪个美眉表白？老实交代。"

美丽一边挠我一边质问。

"哪有什么美眉啊，当然是向你表白了。"

"真的？"

"假的。"

我一把将美丽拥入怀内，我的嘴唇盖在了她美丽的小嘴上。

原来昨晚我俩在家唱歌，唱得晚了没顾上收拾，就把话筒放在了床头，我枕着话筒做了一个梦，梦见了以前那个自卑的陶自强，不禁哑然失笑。

谁能想到，以前自卑的我，不仅追上了院长的女儿美丽，还坐上了医院外科主任的宝座，非常自信地在医院里昂首挺胸，和美丽的妻子一起上班一起下班，一起唱 KTV，引得医院里的人们羡慕不已。

审　判

"肃静!"

我敲着法槌，站在庄严的法官席上，宣布法庭审判开始。

书记员核实了当事人的身份后，由原告宣读起诉书。

原告是一个应届高考生。她说，我于两年前进入曙光学校（一所私立学校）就读高中课程，因为我是外籍户口，不知能不能在本地学校报名参加高考。故此，我专门向学校负责人咨询，一个老师告诉我没有问题。听到这么肯定的答复，我这颗悬着的心放了下来。今年参加高考，我的考试成绩是 573 分，高出我报考的一本录取线 53 分，在我们班名列前茅。

我兴高采烈地坐在家中静候佳音。一个星期过去了，我没有收到任何学校的录取通知书。我到小区门房询问，门房告诉我，今年市政府特别要求邮递员务必确保考生录取通知书的准确送达，不仅要登记考生考号，还要登记考生身份证号码，考生本人签字确认方可送达，就是怕误了考生的前程，你放心吧。两个星期过去了，仍然没有任何消息；一个月过去了，比我考分低的同学都陆陆续续收到了盼望已久的录取通知书，唯独我这个高分考生，却没有一星半点录取信息。

我到网上查询我报考学校的录取名单，看不到我的名字；打电话到报考学校询问，仍然没有我的名字。

这是怎么了？三个志愿，就没有一个学校愿意录取我这个高分考生？就没有一个学校能够录取我这个高分考生？

我到招生办打听，一个中年男人同情地告诉我，你是外籍考生，考分无效！

啊?!

犹如一记闷棍猛地向我砸来，一阵天旋地转，我昏了过去。

醒来后，我越想越气，难道我的前程就这样被老师毁掉？我的诚信就这样被学校愚弄？工作人员的责任感就这样被招生办轻视？不行，我要讨个说法！

今天，我要告三个人。第一，我要告班主任朱老师，他犯有严重的失职罪！朱老师指导我们填写高考志愿表，却不指出我的错误，以至毁了我的前程。这是他的失职！朱老师得知我高考"考分无效"时，要给我一万元钱补偿我的损失。试问，一个青年人的前程，能够用金钱交换吗？

第二，我要告曙光学校。明明知道外籍考生不能在本地参加高考，却为了金钱，昧着良心骗我，学校犯有严重的欺骗罪。

第三，我要告招生办公室。学校把考生的志愿表送到招生办，就是要你招生办考核考生填写的志愿表格是否合格，你不闻不问。请问，你们的责任感都去了哪里？

下面由被告申辩。

朱老师说，这个考生，今年已经二十一岁了，有了一定的辨别事物分析问题的能力，高考关系到她自己的前程啊，她就这么草率吗？她自己就没有一点责任吗？再说学校，明明知道外籍考生不能参加本地高考，却对学生进行欺骗，出了事往班主任老师身上一推，"你班主任老师要负主要责任"。我把考生填写的志愿表交到你学校，我没有检查出来，你也没有检查出来？收每个学生的钱的时候，翻来覆去仔细核对就怕少收一块钱，现在对每个学生的高考志愿表格就不愿意多看几眼,就这么草率地送到了招生办?现在出事了,你学校就能脱得了干系?

学校负责人申辩。我们没有通知到这位同学,我们学校有责任。但主要责任在班主任老师身上,我们把高考志愿表格发放到每个班级,你班主任老师就有责任、有义务让你班上的每一位同学正确填写,认真检查是否合格,合格后才能送交学校,我们只是负有监督不严的责任。

招生办负责人申辩。我们要负责一个区的考生档案,都像你们这样,班主任不管,学校不问,那会有多少个考生"考分无效"?

经过一轮、两轮、三轮的原被告辩护、双方律师辩护,合议庭合议后,我宣布:

判处班主任朱老师犯有失职罪,赔偿原告经济损失一万元,精神损失一万元,取消其教师资格;判处曙光学校负责人犯有失职罪,免费接收原告在本校复读一年,明年不得在社会上招生;判处区招生办负责人犯有失察罪,向原告赔礼道歉,通报批评。

案子了结了,终于可以松口气了,不料又有了新的案子。清晨起来,窗外的空气格外清新,出去买点早点准备上班审案子吧。准备锁门时,却发现找不到钥匙,是不是昨晚脱衣服时掉到了地上?我又在地上找了一遍,还是没有找到钥匙。

　　这可怎么办？

　　正在这时，忽然听到脚步声传来。门开了，一个中年女人走了进来，把油条豆浆放下，问我昨晚睡得可好？我想告诉她案子已经了结，不过想想还是算了吧，她每天忙活柴米油盐，哪有工夫听你说什么责任、公德？

　　中年女人要出去上班，你上班告诉我干吗？

　　"今天怎么样？"一个中年男人过来问道。

　　"还是老样子！"中年女人唉声叹气。

　　我说："我要上班审案子。"他们对望了一眼，好像不太明白我的意思。

　　"五年了，她每天早晨都要去审案子。……都是那可恨的'考分无效'给害的啊！"中年男人绝望地跪倒在地上，对着天空吼道："老天啊，请你还我一个精神正常的女儿！"

"烤"　试

太阳像一个巨大的火球，烤蔫了树，烤萎了叶，烤温了弱弱的西北风。瘦弱的乌云探头探脑出来，像被烫了一下，立刻缩了回去。

听说，古城的一个孕妇被太阳烤流产了。

坐在医院走廊，拿着数学书的手黏黏糊糊。模拟考试已过，高考即将来临，倒计时算计着我的分分秒秒。

你回去学习吧，爸爸说，我在这里等你妈。

没事。

爸妈望子成龙，盼我考上大学光宗耀祖。爸爸上学时不好好学习，每次考试不及格，偶尔一次过线，也是抄同学答案蒙混过关的。参加工作后才知道学习的重要，可为时已晚。妈妈上学时学习不错，考试成绩名列前茅，偶尔成绩下降，也是家庭所累。姥爷早已故去，姥姥一人养育儿女三人，生活艰难可想而知，妈妈还是家中老大，姥姥能供她上学，真是难得。妈妈一有时间就帮姥姥干活，带两个舅舅。到了初中辍学打工。一边工作一边学习，考大学时，因一分之差名落孙山。妈妈对我的学习，严抓细问，绝不允许她的悲剧在我身上重演。白天上班辛苦工作，晚上陪我学习到深夜。星期天休息还要洗衣服收拾家，想方设法给我增加营养。今天炖排骨，明天小龙虾，后天黄花鱼，我的每餐严格按照书上的营养成分搭配。就是铁人也要累趴下，何况一个弱不禁风的女人？

你还是回家吧。爸爸望着行走的人们劝我回家。

没关系。

记得上幼儿园时，妈妈教我背唐诗，念宋词，就连洗衣服时也抽空教我。我也争气，捧回小红花献给妈妈。上小学时，我的成绩总是排在前面，妈妈非常高兴，每次考完后，都领我吃好吃的，满足我的一切额外要求。上初中时，因为一次考砸，厌倦了学习，悄悄去了网吧。谁知一发不可收拾，竟然逃课上网。妈妈发现后怒斥我，给我讲爸爸在工作中因为学历低被人歧视的教训；给我讲她在竞岗中，因为学历低，工作了十几年后工资依然落于人后的无奈；还有青春不再的道理。犹如当头棒喝，使我猛醒！十六岁之后是十七岁、十八岁、十九岁，绝对不会有第二个十六岁！我奋起直追，不仅考出了好成绩，又报了一门美术课，为将来考大学铺路。

一阵声音传来，一女一男进来。女人埋怨男人，这都第三个了，还让我做掉，你什么意思？男人赔着笑脸，听话，我已给你卡上打钱，你家的装修款不用发愁了。

爸爸见状，要我立即回家。

回去也学不进去，不如在这儿等等妈妈。

中考时，妈妈生着病还等在校外，等我出来，她瘫在我的身上。我劝她回家等就行，她不放心。爸爸说，该考多少是多少，急也没用。妈妈笑笑，第一时间得知分数，就知道报的学校行不行，用不用再去补习。

怎么还不出来？爸爸焦急地在走廊里踱来踱去。是啊，这么长时间了，妈妈怎么还不出来，是不是发生了什么意外，或者是有生命危险？真要有个三长两短，我岂不抱憾终身？

一只小手在我身上撕扯着，一会儿揪我头发，使我头疼欲裂；一会儿掐我喉咙，令我窒息难耐；一会儿变成银针刺我心口，让我心乱如麻。我拍拍头，抓抓喉咙，捂住了胸口，还是难受。爸爸问我怎么了？我安慰爸爸没事。

恍若隔了一个世纪，大门终于打开，身上的小手瞬间消失。一个护士从里面出来。爸爸问妈妈怎样，护士说一会儿出来。

不一会儿，一个脸色苍白的女孩移步挪出，等在走廊的中年男人起身扶住了女孩。这个女孩看着有些眼熟，望着女孩的背影，忽然想起，这不是学校里的李娜？她怎么会在这里？

过了一会儿，房门打开，不是妈妈，是一个三十岁左右的女人，等在一旁的中年女人和她一起出了走廊。

房门再次打开，仍然不是妈妈，是一个四十岁左右的女人，踽踽独行，孤单的背影，看上去是那么的凄凉无助。

熬到妈妈出来，我和爸爸急忙迎上去。一个护士交代我们，回去要注意休息，不要干活，不要生气，一定要卧床静养。怀上二胎不易，可惜……

我从考场出来，酷热太阳下面的一棵树下，爸妈站着，妈，你怎么出来了？

烟　城

下午 5 点，你和雾霾一起来到火车站，一只喜鹊喳喳叫着向你飞来。

下午 6 点，火车和五千块钱徐徐启动。越过灰蒙蒙的天空，你看到了明亮洁净的蓝天白云；雾蒙蒙的树叶变得青翠欲滴充满生机；坑洼不平的土地，也成了平展展的水泥路，一望无际。

你没想到，明天，明天的蓝天白云，在你的眼里，变成了雾霾一样的天空；开得正旺的红花绿叶，被你看成了枯花蔫叶；平展展的水泥路，也变得崎岖不平，一群乌鸦在你耳旁聒噪。

你前段时间在小区当保安，最近因为眼里扎进一根刺住院手术，出院后休息在家。同事美玉和你关系不错，哪个同事家孩子结婚了，哪家老人去世了，给美玉捎个礼什么的，你尽心尽力。

美玉在烟城物业上班，收入颇丰，看你人品好，特叫你去烟城和她发财，虽不说千里挑一，也是和别人进行了比较选的你。一个月挣五千块钱，还管吃管住，一年下来就能挣六万，两年就能在烟城买一套房子。先给儿子挣钱，等儿子结了婚，和老婆住在烟城养老，倒也不错。

咸菜稀饭就着窝窝头的饭桌，爸爸穿过的旧衣服，给你改改穿在身上，一家七口人睡在一张大床上，朦胧舞台的侧幕，生根在你遥远的记忆里，逐渐复活起来；扛起锄头种地，顶着烈日干活；跳进又酸又臭的池子里，用大铁锹翻铲里面的醋胚；出租车门打开，双手得扶住车门，才能伸出已经窝了一天的双腿，是你成年后记忆的延续。

一月五千块钱，插队时没梦过，翻醋醅时没想过，跑出租倒能挣钱，一月五六千也差不多，还得扣除给车主的租金和养家的生活费等。辛苦劳累不说，还落下胃穿孔、颈椎病和腰椎间盘突出症，再也不能跑车。

美玉这人不错。有一次发工资，你把工资装进裤兜，不小心把工资丢了，急得你满世界寻找，正在这时，美玉给你送来了工资；同事家女儿从农村来厂里上班，美玉把自己的衣服，新的旧的一起给了同事；路边一个女人说自己丢了钱回不了家，美玉二话没说，把自己口袋里的钱全掏给中年女人。有人说女人是个骗子，美玉不以为然，哪个人没有个落难的时候？能帮多少算多少。即使她真是个骗子，又能骗我几个钱？你曾托人说媒，无奈美玉已经有了男朋友。

美玉说，你去了那里，在小区物业搞维修，只需动动嘴就行。你以前跟朋友搞过装潢，对维修这块也算是熟悉。

老婆不相信。一个五十多岁的人了，一没文凭二没技术，光动动嘴皮子就能挣五千块钱，人家凭什么给你五千块钱？

但是，你相信美玉。美玉在厂里口碑很好，诚实、热情，还特别仁义，自己当初看上她，就是看上这点，她绝不会欺骗自己。

一个清新怡人、世外桃源般的新建小区内，一个中年男人向你走来。美玉向你介绍，这位就是咱们小区物业的王主任，你以后就跟着他干吧。到了月底，你到银行卡上一查，五千块钱到账，乐得你嘴巴都合不上了。

......

列车猛地一颤，你的脑袋碰在前面的座位上。烟城站到了。

下了火车，美玉并没有带你去烟城住宿，而是带着你乘船到了雾镇，在雾镇又上了一辆大巴。谁知你们的屁股还没坐稳，那位让你们上车的男人，让你们下车，坐另一辆小车。

小车穿过闹市，走过村庄，在一户人家门前停了下来，你以为到站了，不料是司机有事，请你们下车再坐另一辆小车。

东拐五个弯，西转六个弯，实在记不住了，也不知过了几个十字路口，终于来到"水中望月"小区。

一个中年男人热情接待了你。吃过饭后美玉才说了实话，她在这里是搞投资理财。

你说什么？

顿时，美玉忽然变黑，变成黑鼠，变成黑狐，变成黑虎，迎面向你扑来，美玉和五千块钱消失不见，你的眼睛又疼了。揉了一会儿睁开，你盯着又变成红头发、红眼睛、红鼻子的美玉追问着。

美玉尴尬地笑笑，脸上的肌肉不自然地扯动着，她指着男人说，我也是被他骗来的。不过，我觉得这种理财挺好。咱们这种理财叫"民间自愿互动理财"，还给你画金字塔解释，直到现在，你才明白，美玉她们是在搞传销！

你要回家，被美玉按在沙发上，玩两天，玩两天再走。

美玉的猩红嘴唇翕动着；中年女人的紫嘴唇张合着；小姑娘的黑嘴唇飞舞着；老男人的扁嘴唇里唾沫四溅。

你起来，坐下；再起来，再坐下……

这时，美玉的手机响了。她到一边接电话，回来后态度转了一百八十度，对你说想走就走吧，我给你联系大巴买火车票。

不用不用。你顾不上思忖美玉的突然转变，背上挎包推门，一阵警笛声由远而近传来，"啪"的一声，美玉手中的杯子碎了。

出了门，你和蓝天走向车站。

偶　　然

　　我这人一向奉公守法，从不干偷鸡摸狗越轨犯法的事，更不会走进监狱派出所。有一次喝多了，竟夸下海口：我要是能进监狱或是派出所，除非太阳打西边出来，不——我又加了一句：除非太阳打北边出来！惹得大家哄堂大笑，都知道我是个胆小怕事的人，不会出去惹事，也就一笑了之。

　　没想到，因为一次偶然的大意，竟然把我送进了派出所，可不是请我做客吃饭，是拘留我！你说倒霉不倒霉？

　　那天中午，我去五拐巷里的棉被加工厂叫女朋友小梅到饭店吃饭，小梅不去，她说到饭店吃饭那得花多少钱啊？

不去。让我和她在她们厂里吃饭。没办法我和她就在仓库旁边吃了饭。饭后，我又抽了一支烟，因为走得急，可能没踩灭烟头，谁会料到竟然引发一场火灾？悔得我肠子都青了！

小梅也是，叫你出去就出去吧，偏偏怕花钱要省钱。自从咱们来到城里打工，出去吃过几次？这次倒好，钱是省下了，我却进了派出所。

其实，也不能怪小梅。小梅和我从小青梅竹马两小无猜，都是穷人家的孩子，她要挣钱给母亲，我要挣钱给父亲，挣钱不易，当然得省着点花。你看她每天上班和棉花打交道，那股粉尘，那股恶臭，常常呛得她嗓子发痒鼻子难受，常常咳嗽，我也得体谅体谅她。

要怪只能怪自己，谁让我跑到那里抽什么烟，把自己送进了派出所，我真想狠狠地抽自己几个大嘴巴。先不用管太阳从哪里出来，别让老爹知道我出了事。

我娘去世早，爹一人把我拉扯大不容易，因为操劳过度，患上了哮喘病，一到冬天就气喘咳嗽，有时咳出血来，吓得我手足无措。记得有一次老爹犯病，咳出血来，咳得脸色发青背过气去，我急忙把村里的大夫找来，救醒老爹。我发誓要挣好多好多的钱，给老爹治病，把老爹接出村里，让他老人家好好享几年福。如今，我摊上了这种事情，如果让老爹知道，非吐血不可。

我还有三百块钱，等小梅来了，让她给老爹捎回去，千万不能告诉老爹，能拖一天是一天吧。

怎么小梅还不来，是不是因为我受到了牵连？真是那样，我的罪过就更大了！

熬到天黑，终于等来了小梅。她说，棉被加工厂已经被查封，公安局正在调查。她向律师咨询，像我这种情况，一般会判三年以上七年以下有期徒刑。

烧毁一个车间，能判几年？

可能是三年以上吧。另外，还要赔偿王厂长的经济损失费。

得赔多少？

正在估算。

啊？

我是彻底绝望了，我一个打工的哪来的钱赔偿王厂长？就是把村里的地卖了，也赔不起一个车间的损失。村里的地不值钱，和城里的地没法比。

走到现在这步田地，我也豁出去了，要钱没有，要命一条。不是我不赔，是我实在赔不起，大不了我把牢底坐穿，还能怎么样？

正在我绝望之际，小梅兴冲冲地跑来告诉我，现在不仅公安局调查此案，就连报社质检所也来调查。

我感到纳闷，报社采访调查很正常，质检所为什么调查？

小梅说，人们怀疑棉被加工厂是黑作坊，要彻查此案。质检所来检查棉被厂的棉花是否符合标准。看来，你不用赔偿王厂长的车间损失费了。

我一听，乐得蹦了起来，不是隔着铁栏杆，我肯定会把小梅抱起来在屋里转几个圈！

我还得关在这里？

还在调查之中，你先忍一忍。

真是天无绝人之路。我能绝处逢生，要感谢报社的同志，感谢公安局的同志，感谢质检所的同志，是你们为我免去了高昂的经济损失，我向你们叩头了！

我对着窗户，深深地鞠了三个躬。

雨过天晴，棉被加工厂的货物全部没收封存，王厂长进去了，我被无罪释放。

走出派出所，我长长地出了一口气，真是门里门外两重天啊！想不到记者在门口接我。记者紧紧地握着我的手说，你的烟头扔得好啊，不仅烧毁一个车间，还烧出一个坑人害人的黑心作坊，就像一把利剑，刺向了黑作坊的心脏。

　　我也紧紧地握着记者的手连连感谢：我也要谢谢你们哪！查清了黑作坊，为我免去了高昂的经济损失费。谢谢！谢谢！

　　走出没几步，又有人拦住向我表示感谢。原来是五拐巷里的居民，因为棉被加工厂着火，消防车来了进不去，只能架起水枪灭火。市政府下令，立即拆除五拐巷，听说将来会把他们安置在高大的楼房里面。

　　小梅打趣说：你进派出所以前，是工地默默无闻的小工，现在出来摇身一变，成了手执利剑、为民除害的大侠。再进去一次？

　　我吓得连连摇头：除非太阳打西边出来，不，除非太阳打北边出来。哈哈哈。

余　生

公司最近新招了一批员工，没想到应聘人中，竟有一人与我同名同姓，也叫余生。不仅同名同姓，而且长相还非常相似，甚至连年龄、身材和个头都差不多，只不过他是红脸我是黑脸，人们便叫他红脸余生，叫我黑脸余生。

黑脸余生当然瞧不起红脸余生！你看他穿着笔挺的西装，崭新的白衬衣，弄得跟新郎官似的，至于吗。见了谁都是一副虔诚的请教态度，搞得谁都想指派他利用他。有时人们故意叫余生，不管红脸黑脸，一律余生，我答应吧，不知道是不是叫我，不答应吧，又怕叫我，实在可恼可气，却又无可奈何，就是现在到派出所改名，也来不及了，先凑合着用吧。

那天开会，各人报上自己做的单数，没想到我做的单最少，红脸余生做的单最多！瞧他那傻乎乎的样子，嫩得很哪！自以为能力超群业绩突出工资就一定会高，受到老总提拔重用？他哪里知道会干的不如会说的，会说的不如会做的。你辛辛苦苦干上半天，还不如人家在老总面前拍拍马屁睡上一觉挣得多呢！老总批评了我表扬了他，还让他上台与大家一起分享做单的感受。

红脸余生走上台得意扬扬摇头晃脑侃了起来。有人问：你是怎么说服客户签单的？他刚想回答，我悄悄从抽屉里取出公鸡磁铁，往钥匙环上一放，那个公鸡便发出"喔喔……喔""喔喔……喔"的叫声，惹得大家哄堂大笑，红脸余生非常尴尬，杵在那里不知所措。老总严厉地责问：谁干的？谁干的？我佯装不知，和大家一样寻找：谁干的？谁干的？

后来红脸余生也知道了是我的杰作，便视我为眼中钉，处处与我作对。

女同事倩倩，专爱打小报告。那天我无意中在办公室学说了几句老总的口头禅，她便添油加醋汇报给老总，害得老总尽找我麻烦。我便把一只死老鼠放在她的椅子上，吓得她大惊失色连呼救命，一连几天都不敢坐椅子。红脸余生看见，把死老鼠拿走，指责我缺德。怎么是我缺德？她给我打小报告就不缺德？我这叫以其人之道还治其人之身！

年底了，人们辛苦了一年，公司在大酒店包了单间请大家吃饭。桌子上摆上了白酒、红酒和饮料。服务员不一会儿就端上了凉菜热菜、鸡鸭鱼肉。我把一盘鱼放在同事美美的面前。美美端庄、漂亮、善良，就像一盘美味的鲜鱼。我早就瞄上了美美，如今，天赐良机，我和美美坐在一起喝酒。我打算把美美灌醉，然后……

我频频给她倒酒，美美再三推阻：不能喝了，再喝就喝高了。

红脸余生在桌下用脚踢我，我不理他，难不成让我和他一样在美美面前脸红脖子粗不敢说话才行？

我对美美说：不怕，难得公司请我们喝酒，不喝白不喝，你就是喝得不能走了，有我呢，我送你回家。

美美招架不住我太殷勤、太猛烈、太热忱的鼓动，喝得晕晕乎乎。这时，人们也吃得差不多了，有的人已经离席准备回家。我就搀扶起美美准备送她回家。不料，她的男朋友来了，把她接走了。

又是红脸余生干的好事！恨得我咬牙切齿，不报此仇誓不为人！

晚上下班后，我在红脸余生下班回家必经之路上等他，看见红脸余生站在十字路口要过马路，突然一辆轿车驶来，路口站着一个八九岁的男孩正不知所措东张西望，红脸余生奋不顾身冲过去推开了男孩，男孩得救了，红脸余生却倒在了血泊之中。后来，红脸余生被人们送到了医院。

红脸余生住了医院，我少了一个对手，应该高兴吧，我却高兴不起来，总觉得少了点什么。

我看上了酒店老板的女儿，却遭到了老板的反对，就想教训教训他。我悄悄来到老板车前，准备动手放他车胎的气，不料一个人站在我的面前，吓得我魂飞魄散，我战战兢兢地抬起头，竟是红脸余生！

我不禁愣住了，他不是住医院了吗，这么快就出院了？

红脸余生骂我不是人，你才不是人呢。我懒得理他，掉头就走。

我向人们打听，人们说红脸余生死了，因为伤势严重，最终还是没抢救过来。

不可能！我瞪大了眼睛，我昨天还见过红脸余生，怎么就死了呢？

老总亲眼所见，还能有假？老总还说过两天要给红脸余生开追悼会呢！

那我看见的人是谁？

小　偷

"小偷抓住了！"

没想到抓住小偷了！我和大院里的张婶，听到喜讯，急匆匆赶往派出所。

前几天晚上，我睡得很沉，老公回家乡看望病重的母亲。我既要做甑糕，还要骑着三轮车出去卖甑糕，往往头一挨枕头便呼呼睡去。晚上太热，窗户开着，像我们这种穷人家尽可放心，不会有小偷光顾。没想到，搭在沙发上的衣服兜里的钱真的被小偷卷走了。白天挣的二十块钱和准备好的一百八十块零钱，刚好换成两张整的，你说气人不气人！

拿起衣服，在沙发上发现五十块钱的零钱，是小偷良心发现给我留下的零钱？

到了派出所一看，小偷是一个三十多岁的男人，拒不承认自己是小偷。最可气的是，他连自己叫什么名字都说不清楚，明摆着想蒙混过关。

警察问他：你叫什么名字？

他说：我现在叫王宏，以前叫什么名字我不清楚。

警察又问：你家住在哪里？

他的回答更让人气恼：我现在住在后山，以前住在哪里我也不清楚。

警察冷笑一声：你的年龄你自己总该清楚吧？

他却说：应该是三十岁吧？

警察火了：应该！应该！你就应该偷别人家的钱？

他十分委屈：我没有偷人家的钱，我不是小偷。

张婶质问他：你不是小偷，你鬼鬼祟祟地在人家门口转悠什么？

转悠就是小偷？

转悠不是小偷，却值得怀疑。前几天，就是你转悠的人家丢了钱，是不是你偷的？

不是我偷的，真的不是我偷的，我不是什么小偷。

警察把眼一瞪：你以为我们把你请来，是让你和我说相声小品的?

不是不是,你听我说。我在五岁时被人拐卖,最后到了后山。二十五年了,我无时无刻不在寻找我的家人我的家,凭着儿时依稀的一点记忆,找到了这里。

警察撇撇嘴:编。好好编。一个五岁的孩子能记住二十五年前的地方?

他极力辩解:不是编,是真的。你不信看看我画的图。他说着从兜里掏出画的图交给警察。

警察接过一看,第一张上画的是一个大院的院门口,一进院门,右面是排房,左面是厕所;第二张图是一群人围着一个耍猴的;第三张就是我住的小院,门口有铁门。和现在我住的地方相差无几。

警察看完图,又看了看他,疑惑地问道:这是不是你想偷人家钱预先画好的图、踩好的点?

这人急了:我不是小偷!我不是小偷!

张婶上前仔细打量他:那你认不认识我?

他看了看张婶摇摇头:不认识。

张婶说:我在大院里住了三十多年了,你不认识?

他依旧摇头:不认识。

张婶对警察说:老刘家多年前倒是丢过一个男孩,记得当时是有一个耍猴的。

　　是吗？警察不满地埋怨张婶，你怎么不早说！急忙打开网页寻找儿童失踪案件，有一个叫刘志强的人报过案，确实是在二十五年前丢失的。

　　这个刘志强现在住在哪里，你还能联系上他吗？

　　张婶笑了，用手一指我们：他们，他们现在住的，就是刘志强的房子。刘志强现在住进了高层，把房子租给了他们。

　　不一会儿，刘志强搀扶着一个中年女人风风火火地进来，大声嚷着：我儿子在哪里？我的龙龙在哪里？

　　这人看见他们，迟疑着：爸！妈！

　　刘志强仔细打量着眼前之人：三十多岁，圆脸，大眼睛，如果不是皮肤有点黑，分明就是自己年轻时的翻版。

　　儿子！我的好儿子！爸爸以为今生再也不会见到你了！父子俩抱头痛哭。

　　龙龙哭了一会儿，指着坐在沙发上发呆的妈妈问爸爸：我妈怎么了？

　　唉！刘志强长叹一声：自从你丢后，你妈不能原谅自己，趁我不在家，喝安眠药自杀，救醒后，虽然保住了命，却变成……

　　原来，龙龙五岁时，有一天，大院里来了一个耍猴的，院里的人们出来围住观看，龙龙和妈妈也从家里出来看热闹。不料，有人来找妈妈，妈妈招呼朋友回家，把龙龙也叫回了家里。龙龙还想看耍猴的，又怕妈妈不答应，便一个人悄悄地溜出来看人家耍猴。这时，爸爸单位的王叔叔走到他面前对他说："爸爸今天要领你去公园玩，让我开车接你。"爸爸平时总忙，答应领他去公园，老没时间，今天总算有时间了，他毫不犹豫地上了车，还问叔叔，我妈妈也来吗？那个人说，妈妈一会儿就来。没想到……

老公回来后，我和他说起丢钱的事，老公说：你兜里的整钱我拿走了，我不是给你留下五十块钱的零钱？

是吗？我给你打电话，怎么也联系不上你。

山上没信号。

张飞应聘

　　张飞失业啦。刘备的公司资不抵债破产倒闭，刘备也躲债外出不知去向。关公被貂蝉请去当副经理，邀请张飞一同前往。张飞轻蔑地一笑："俺老张岂是靠女人过活的汉子?"说得关公的脸更红了。

　　儿子开学要交学费，老张一筹莫展：拿什么去交？被老婆逼得无奈，硬着头皮来到人才市场。真是不看不知道一看吓一跳，这里的人比赶集的人还多。找工作的、招聘工作的、观察研究的人络绎不绝。老张信步来到一张招聘办公桌前仔细观瞧，这是一家报社在招聘，招聘市场总监一名、医疗版编辑一名、广告营销员数名。要求年龄在三十五岁以下，学历大专以上。老张调侃道，俺是年龄在三十五岁以上，学历是大专以下，两样都不靠谱，拜拜吧。

他又来到一张招聘办公桌前，这是保险公司在招聘，招聘主管、出纳和业务员。老张乐了，俺去跑保险，准能把客户吓得尿了裤子！当出纳更是两眼一抹黑，至于主管嘛，俺不是那块料。

他又向前面观看，是酒店招聘，招聘大堂经理、面点师和服务员。看得老张性起，天底下还有没有俺老张的活路了？

就在老张绝望的时候，看到一则招聘保安的启事，堂堂三老板难道去干保安不成？张飞心有不甘，无奈英雄无用武之地，且按下性子瞧瞧再说。

一个中年男人过来，详细询问老张的年龄、工作经历以及对工作的要求，递给老张一张宣传页，让他下午报到。

下午，老张来到开发公司。有几个和他年龄相仿的中年人已经等在那里，一个戴眼镜的男人看见老张进来，招呼老张坐下。这时，那位负责人招呼他们来到一间办公室，发给他们每人一支笔一张试卷，要进行考试。

保安还要考试？新鲜！老张看着试卷，环眼越瞪越圆，倒竖胡须："这是甚鸟题？它认识俺，俺可不认识它！不考啦。不考啦。"老张话音刚落，考场里便"轰"地笑开了。

负责人来到老张面前说："还没考过就说不行？给自己一次机会嘛。"

从椅子上站起来的老张又坐了下来。挠着头皮看题，用笔在卷子上胡乱地勾着对勾和叉。忽然，一只不识趣的苍蝇，在老张头上哼哼唧唧地飞舞着，惹得老张冒火，用笔一打，中性笔掉到地下一分为二。

考场里的人都愣住了，老张却是眉开眼笑："这下好了，笔也不能用了，还是回家卖肉去喽。"

老张起身要走，被负责人拦住："先生，我们公司规定，任何人不得中途离开考场，你也不能例外。"

老张一听就来气："你们公司的规定，关俺鸟事？俺又不是你们公司的员工！"环眼一瞪，迈腿就走。

忽然老张停住不走了。人们以为老张后悔了，忽听老张大吼一声："你干什么？"吓了众人一跳。只见老张停在一个戴眼镜的男人面前，劈手从眼镜手中夺下两张试卷撕碎。眼镜被这突如其来的举动惊呆了，看到撕碎在地的卷子，他的脸腾地红了。瞧着面前大汉怒气冲冲的样子，他的脸色逐渐由红变白，不服气地瞪着老张："我干什么？我干什么关你屁事！狗拿耗子多管闲事。"说完掉头就走。

"你作弊还有理哪！"老张追上去扯住就打，被人们拦住。有的人朝老张投去赞赏的目光，有的人冲他摇摇头，有的人则用眼白他。

老张被负责人请到办公室。负责人对老张说："张飞先生，恭喜你，你被录用了！"

老张惊奇地瞪大了环眼："我连考试都没过，就录用了？"

负责人拍着老张的肩膀说："我们公司就需要你这种坚持原则，敢于抵制不正之风的员工。你虽然不是我们公司的员工，可当你发现有人作弊的时候，别人都视而不见，你却在已经麻木的别人面前站出来制止。你的考试成绩是九十分，因为你打人扣掉十分，你明天来上班吧。"

老张摸着脑门嘿嘿地笑着，有点不敢相信似的又问了一句："明天就上班？"

"明天上班。"

第二天，老张到办公室报到，一进门，看见眼镜四平八稳地坐在办公室。老张以为走错了门，回头仔细瞧瞧，"经理办公室"的牌子赫然挂在那里。他大叫："赵经理！赵经理！"

只听眼镜慢条斯理地说："赵经理出去了，一会儿就回来，你等一下。"

"那你是？"

"我是赵经理的助理。"

老张惊得目瞪口呆："你们这是……"

聚　会

　　你的小说《聚会》获奖了，你和朋友们聚会庆祝。到了饭店，服务员把你引到一张桌子前坐下，给你送来了茶水。你把《聚会》打开，一边看书一边喝水一边等着。

　　二小先来了，二小从村里出来打工，每天搬砖和泥，辛苦劳累不说，到头来，老板后续资金没了，三十层的楼房盖了一半，撤了！自然，他的工资也打了水漂。不用说养活老婆孩子，自己的生存都成了问题。无奈，又找了一个地方去打工。他不甘心给人打工，决心改变自己的命运。一天，他给人装卸货物，发现跑运输送货挣钱，详细打听之后，省吃俭用攒下钱，买了一辆二手货车给人送货。他以前在村里开过拖拉机，考了驾照就能上路。

真正跑上了，二小才知道，这碗饭也不好吃。没活时，清闲得要命，有活时，又忙得不可开交。这天，二小接了一趟买卖，给货主送服装。原来说好二小和另一个司机一起跑。不料，那个司机母亲病重去不了，货主又催得急，没办法，二小一个人上路了。经过仁义村的天桥时，八箱服装在颠簸中从车上掉落，二小也没发觉，等到他感觉异常，车已经走出很远。返回去寻找，八箱服装竟然踪迹皆无！二小吓出一身冷汗，那可是四十万块钱哪！二小急忙报警。警察追寻一番，也没了下文。没办法，二小只好把车卖了，又借钱赔偿货主。

服务员进来，问你要不要点菜。你说不着急，等等再上。

这时，机灵鬼来了。机灵鬼脑子活，转得快。看见打工太辛苦，还要受老板的气，一气之下，他炒了老板的鱿鱼，包了一辆出租车跑车。他以前给别人开过车，轻车熟路。跑了几年，攒了些钱，又跟亲戚朋友借了钱，买了一辆别人的出租车跑车。

这是一辆跑了三年的车，车况还算不错。院子里的人们都围过来观看。人们逗着机灵鬼：这回不用受别人的气了吧？

机灵鬼自豪地仰起了头：我的车，我说了算！

每天清晨天还没亮，机灵鬼就把车洗净出发了，中午有时忙得顾不上吃饭，直到下午三四点钟，机灵鬼才回家吃饭。你叫他悠着点，身体是革命的本钱。他说舍不得。

机灵鬼说，有一天晚上，几个外地人坐车，不仅不给车钱，还动手打他。机灵鬼一看势头不对，急忙闭嘴。惹不起还躲不起呀。

一天，机灵鬼开车，不知怎么搞的，把一个行李箱撞倒了。这时，一个中年男人跑过来把机灵鬼拦住，说他的箱子里有瓷瓶，那可是嘉靖时的瓷瓶，如果撞坏了，你得赔我。

说着男人把箱子打开，里面果然有一只瓷瓶，已经碎了。

你撞碎了我的瓷瓶，你得赔我。我告诉你，我这个瓶子最少也值三十万。

你说三十万就是三十万？我还说它只值十块钱呢。

不信咱们可以请专家鉴定呀。

不用那么麻烦了，机灵鬼佯装打电话，咱们找公家吧。

中年男人连忙拦住，算了吧，我看你也不易，咱们还是私了吧。

随你。

经过一番讨价还价，机灵鬼还是赔偿了男人，和他耗不起。

服务员再次进来，立志从后面进来，你就让服务员上菜。立志的遭遇更惨。那天，立志开着出租车走到难缠路，路上躺着一个女人，身旁还有一摊血迹。明显是刚出了车祸，肇事者逃之夭夭。一个女孩，大概有十五六岁的样子，在女人身边哭泣。看到立志，哭着求立志帮她，把妈妈送到医院，她将来一定报答立志。立志不想管，怕惹麻烦。架不住女孩苦苦哀求，动了恻隐之心，把女人抱进车里，送到医院。在急诊室，大夫让他们交住院费，女孩一直哭泣不言语，旁边的护士又催得急，立志没法，去交了住院费。不料，一交就交出了麻烦，人们都说是立志把女孩妈妈撞了，女孩也不分辨，算是默认。

立志再三给人们解释，人们也不相信，女孩还是不说话。立志火了，骂女孩没良心。女孩被立志骂得抬不起头，反咬一口，咬定立志撞了她妈。立志跳起来，骂女孩缺德带冒烟！我帮你把你妈送到医院，你不感谢也就算了，反而倒打一耙，你还是不是人？

立志有理说不清，再加上没证人，也没监控视频，跳到黄河也洗不清。

你感慨万分，这都什么人啊？这时，你也吃得差不多了，你把筷子放下，把杯子里的酒喝了，把《聚会》合上。二小、机灵鬼和立志纷纷回到了书里。当然了，二小是立志的小名，机灵鬼是立志的绰号。

一个女孩打来电话，立志叔叔，下个礼拜的聚会，你去不去？

当年那个女孩幡然醒悟，和你约好：笔会不见不散。

王大强与牛小菊

　　王大强个子矮，比牛小菊还矮。和牛小菊走在马路上，一高一矮，就像一道风景。高大的牛小菊蹬着高跟鞋嘎嘎地在前面走，矮小的王大强给牛小菊拎着包，跟在牛小菊的后面走，时不时地被牛小菊回头喝上几声。

　　王大强眼小，一条缝，总像睁不开似的，和牛小菊的双眼皮大眼睛恰恰相反，绝配！

　　王大强的声音还低，牛小菊的女高音总是盖过王大强的蚊子声。这不，王大强下班买了西红柿回来，牛小菊的大嗓门就吼上了，对门的邻居不想听都难：王大强！再远一点的摊子上，一斤西红柿便宜 5 毛钱！你就不会多跑几家？我一般买菜，都要货比三家才买！你可倒好，问也不问就买回来了？王大强低着头，小声嘟囔着，给你买菜还买回麻烦来了。家里一般都是牛小菊买菜，王大强破例买一回，还落了一个不是。牛小菊还是不依不饶，说王大强不当家不知柴米贵。

领导儿子结婚，王大强问牛小菊要钱随礼，牛小菊鼻子里哼了一声，眼睛向下翻了翻，没钱。这个月的工资都随礼了，儿子的补课钱还是我妈悄悄给的。

不随咋办？

问老三要，老三二十年前借的钱还没还呢。

老三？又跟我借了五百。

又借五百？咦，王大强，你从哪里来的五百？

我……我……

王小刚是牛小菊的发小，经常来他们家串门，明眼人一看就知，王小刚不安好心，王大强不仅不生气，还周到地伺候着，伺候得牛小菊跟王小刚跑了，被王小刚甩了，又回来找王大强，牛小菊在王大强面前，依然盛气凌人。姐姐看不下去，骂王大强窝囊，朋友也劝他不要吃回头草，还有的人煽风点火地鼓动王大强离婚，牛小菊怎么了，离了她地球还不转了？

王大强眯缝着小眼不言不语，该怎样还怎样。

一天，王大强和牛小菊走在路上，看见一群男人在殴打一个女人，旁边围着很多人，只是在旁观看，并无一人上前阻拦，人们说，这个女人的男人骗了人们的钱跑了，人们找不见这个男人，找见了女人，问女人要钱，女人没钱，女人还包庇男人，把男人藏了起来，不打她打谁？

王大强拦住了大家，男人骗钱，你们应该去找男人要钱，打一个女人，算什么男人？

人们要不到钱本就窝火，没想到半路杀出一个程咬金来，有的人怒冲冲质问，你是什么人，是不是女人的同伙？

王大强急忙辩解，我就是一个过路人，我根本不认识她。看见你们一群人打一个女人，看不下去。

牛小菊也上前证明，他真不认识这个女人。

你们是什么人？

我们就是过路人。

有的人骂他们，你们捣什么乱？去去去，一边待着去！

有的人怀疑，不对，你们肯定认识，不认识她怎么帮她说话？

帮她说话，就一定认识呀。算了吧，你们要钱去找她男人要钱，就是打死她也要不来钱。

你们肯定认识，说不定还是一伙人，来，揍他们！揍他们！王大强一听势头不对，拉着牛小菊就跑。突然，牛小菊鞋跟一歪，跌倒在地，被人们追上来扯住。王大强一急，挡在了牛小菊的面前，小胸脯一挺，厉声喝道：都给我站住！

人们立马站住，望着王大强。王大强气势汹汹不可一世，你们有能耐去找那个男人要钱，找我们干什么，难道是我们欠你们钱不成？

人们都愣住了，你看看我，我看看你。王大强挽着牛小菊从人们面前堂而皇之地走过。走到无人处，两人站住，王大强看看左右无人，捂着怦怦乱跳的心口脸色煞白，都吓死我了。

牛小菊说，没想到你还是个英雄，了不起的英雄，路见不平一声吼啊！

王大强挠挠头皮，小眼睛越发睁不开了，我算什么英雄？还让你跟着我挨打。

这算什么？

不过，你可得老实交代，是不是真的认识这个女人？

我到哪里去认识？

谁知道。

王大强在前面走，牛小菊在后面跟着，不可置信地看着王大强，牛小菊突然发现，王大强个子不矮了，长高了，不仅比她高，比街上所有男人都高。

兄弟不是人民币

小二和李大不是兄弟，却胜似兄弟，亲如兄弟。

小时候，小二家里穷，李大家里富，李大穿旧了的衣服给了小二，小二乐得穿在身上就舍不得往下脱。李大发愁写作业，小二二话不说替李大完成作业，还给李大补课；小二踢球打碎了教室里的玻璃，老师勒令小二赔偿补上安好，小二不敢告诉父母，李大出钱买好玻璃和小二一起安好；李大拿弹弓打死了小二姑姑家里的鹦鹉，小二好说歹说劝说，姑姑才肯罢休。李大比小二大三个月，李大是哥，小二是弟，二人就以兄弟相称。

长大以后，两人虽然不在一个班里上课，仍然形影不离。有同学欺负小二，李大看见了，二话不说撸胳膊挽袖子给兄弟帮忙；李大看上了校花美美，小二替李哥写"申请书"，措辞诚恳态度虔诚，美美看后，由原来的试用男友改为正式男友。后来得知所有情书不是李大所写，气得大骂李大是骗子。

小二考上了大学却上不起，李大给他出了钱。李大和人合伙做生意，再后来自己成立了公司当了老板，成了市里有头有脸的知名企业家，公司资产好几百万，轿车有好几辆，变成了大富豪。

富裕了的李大，并没有忘记昔日的好兄弟，叫小二出去喝酒，叫小二去洗桑拿，叫小二到他的公司上班。小二舍不得丢下公务员的饭碗，婉言推辞。

天有不测风云，人有旦夕祸福。赶上经济危机，李大的公司资金周转困难，面临着倒闭的危险。

李大到处求爷爷告奶奶跟人借钱，酒桌上的朋友，一个个闪得比鬼还快，这个说，兄弟，对不起了我也转不开了；那个说，大哥，兄弟也快关门歇业了；往日成天和他纠缠的宝妹妹，更是势利，不仅不见人影，连手机也换了号码。

世态如此炎凉，李大感叹，真是兄弟就像人民币，谁的钱多谁的兄弟就多。

李大看到了小二的电话，如果跟小二借钱，小二会不会也像其他人一样认钱不认人呢？

小二听李大跟他借钱，根本就不相信，以为李大骗他，在考验他。李大向他交了底，小二挺痛快，你要多少？

李大一听，口气不小嘛，五万，怎么样？

没问题。小二满口应允。

"弟妹同意吗？"李大知道，弟妹素有"王熙凤"之美称，精明势利看人下菜碟，老同学王强向小二借钱买房，弟妹就不借，理由是一个企业工人没有利用价值，小二偷偷地拿自己的私房钱借给王强一万。现在自己的企业濒临倒闭，如果弟妹反对，小二想要从家里拿钱也是够呛。

"同意。"

等了几天，不见小二送钱，李大给小二打电话，小二说，他在外地出差，过两天就回去了，钱的事闭口不提。

李大感到寒心，又有些不甘心，就连从小一块长大的兄弟也是这么势利？

老婆说，现在的人，我算是看透了，为人处世都是以人民币为标准，不用说是异姓兄弟，就是亲兄弟也是分得格外清楚。

　　过了几天，估计着小二出差也该回来了，他这次没给小二打电话，直接去小二家里找他。按了半天门铃没人出来开门。邻居说小二出车祸了。

　　啊？李大大吃一惊。急忙给小二打电话，小二电话关机。难道是小二为了躲避我找借口躲了出去？或者是弟妹不让小二借给我钱，演了一场戏？

　　几天后，没想到小二给李大打电话，让他来家里取钱。李大有些不相信："什么什么？"

　　"你来家里取钱，我已经给你准备好了。"

　　"我马上去！"李大高兴地跳了起来。

　　李大来到小二家，小二和弟妹在厨房里忙活，小侄儿在写作业。李大摸了摸身上的口袋，没有多余的钱，掏出两百块钱递给小侄儿，大爷这次出来匆忙，没有多带钱，你拿去买巧克力吧。

　　小侄儿说，爸爸说了，大爷现在是过渡时期，不让我要大爷的东西。李大心里暖烘烘的，比喝了一瓶烧酒还要暖和。

　　不一会，一桌丰盛的酒菜摆在桌上，兄弟俩坐在饭桌上聊了起来，小二说他出差回来时撞上了一个技校的女孩，前两天他们都在医院里忙活，刚把事情了结了。老婆前段时间在医院，看透了人情世故，她说兄弟就是兄弟，兄弟不是人民币。虽然咱们不是亲兄弟，却胜似亲兄弟，亲如兄弟。

也不知是喝酒喝急了，还是受了感动，李大的眼睛模糊了，眼角全是泪水。

妈妈离家出走了

中午放学回家，张强看见家里只有爸爸一人做饭，妈妈还是没有回来。什么事情一个星期还办不完？晚上回家，仍然没有见到妈妈的身影。张强到姥姥家问，姥姥一会儿说来过，一会儿说没来过，姥姥已经糊涂了，问不出什么。一会儿大舅回来了，他最近也没见过妈妈，又问张强你妈走了几天？张强说一个星期了。大舅急了，向亲戚朋友逐一打电话询问，也是没有一点妈妈的信息。

又等了两天，妈妈还是没有回来，大舅也没有打听到妈妈的消息。张强找妈妈的好友刘阿姨询问。刘阿姨和妈妈是一个单位的同事，又是无话不谈的好姐妹，肯定知道妈妈去了哪里。刘阿姨却说她刚从外地回来，还没见到妈妈。王阿姨是妈妈的高中同学，从高中到现在，关系最铁。王阿姨从同学聚会后就没看见妈妈，也没联系过。她说高中同学高德彪向她打听过妈妈，要走了妈妈的电话。

高德彪是谁？高德彪可不得了！现在是大企业家，财多业大，我们那次聚会就是人家掏的钱。不过，他对你妈妈倒是一直念念不忘。

我妈不是那种人！一听有人说妈妈的坏话张强就生气。我妈是那种人吗？如果她是那种人，当初就不会嫁给我爸爸！王阿姨连连说不是，不是。那么，妈妈究竟去了哪里？

胡阿姨是妈妈的闺蜜，小时候两人形影不离，现在虽说都有了自己的家庭，仍然没断交往联系。胡阿姨有一天在街上看见了妈妈，正想上前跟妈妈打招呼，一辆小轿车停在妈妈面前，妈妈坐上小轿车走了。

你没看错？

错不了！我们多年的老同学，从背影也能认出对方来。

爸爸说，你妈嫌我没钱跟有钱人跑了！你妈不要我们了！张强不相信，妈妈根本不是那种人！不过，妈妈最近也确实反常。自从那次同学聚会后，妈妈常常一个人坐在那里发呆。你问她话，也是答非所问。还早出晚归，也不知忙些什么。

　　张强正在为妈妈的失踪绞尽脑汁时，没想到妈妈自己回来了，原来妈妈去找自己的亲生父母去了。

　　那天参加同学聚会，妈妈见到了以前追求过自己的高德彪。没想到，高德彪变了，真是今非昔比，让人刮目相看。以前自己还看不上人家，人家现在可是功成名就的大企业家。高德彪说活了这么多年，没想到自己是被人拐卖的，四处寻找自己的亲生父母，让人感慨不已。

　　这件事勾起了妈妈对往事的回忆。妈妈从小出生在工人家庭，家中兄妹四人，妈妈的上面是三个哥哥。妈妈是老小，姥姥姥爷和舅舅们都宠爱妈妈，有什么好吃的、好玩的，都给妈妈。那时生活困难，全家能吃一次白面面条、一次饺子，都是享受。有一次，妈妈生病了，舅舅们都不在，姥姥悄悄地给她做了一碗饺子，没想到她吃得太多给吐了出来，大舅看见了也装作没看见。二舅喜欢放风筝，做了一个漂亮的蝴蝶风筝，妈妈非要玩不可，二舅给她玩，结果被风刮到树上。二舅也没怪罪她，搭着梯子把风筝取了下来。

　　有一天，邻居李大妈无意中说姥姥不是妈妈的亲妈。妈妈大吃一惊，怎么会呢？姥姥对她那么好，怎么不是亲妈？妈妈继而联想到，姥姥不是妈妈的亲妈，那么姥爷也不是妈妈的亲生父亲，舅舅也不是妈妈的亲哥哥。怎么可能呢？不过，既然李大妈这样说，那就有这个可能。妈妈向姥姥姥爷追问，他们矢口否认，说李大妈胡说，要和李大妈对质。李大妈也连连道歉，承认自己瞎说，吓得她再也不敢到我姥姥家串门。

聚会那天妈妈又想起这事，难道我也是被人拐卖的？想到这里，妈妈决定非要弄个水落石出不可。妈妈问姥姥，姥姥一会儿说妈妈是抱来的，一会儿说是她亲生的，再想问李大妈，李大妈已经病逝。妈妈几经查访，终于找到了她的亲生母亲。那个姥姥说妈妈的上面有两个姐姐，姥爷说如果妈妈是男孩就留下。结果是一个女孩，由于家庭贫困，把妈妈送给了现在的姥姥姥爷。

妈妈终于见到了自己的亲生母亲和两个亲姐姐，相隔几十年，母女姐妹终于团聚。

什么也别说了，干了

　　他毕业后来到设计公司上班，每天给城里人的房子设计各种风格的装饰，豪华、动感的欧式风格，凸显自我张扬个性的现代前卫风格以及集传统与现代、具有双重审美效果的新中式风格等，无一不在彰显温馨、美丽、舒适的家园。看着自己设计出来的一张张图案，他不由得憧憬起自己的家园，在这个偌大的城市，在某一隅有自己的一套楼房，房屋不用大，两个人住，五六十平方米就可；装饰也不需华丽、不需古典、不需欧式，只要简约就好。

　　然而，他既没有足够的资金购买天价的房屋，也没有女朋友。说起女朋友，前一段时间，他处过一个女朋友，是老板的女儿。老板的女儿看他沉稳能干，就暗暗喜欢上了他，他也非常欣赏老板女儿的美丽大方。然而，老板得知后暴跳如雷，指着他的鼻子大骂：你有房子吗？你有汽车吗？要他马上滚蛋！马上从他的公司消失！

老板又给女儿介绍了一个公司的经理，人家不仅有房，还有小轿车！老板女儿在父母的软硬兼施下和他分手了。

他不平，却又无可奈何。是啊，他不仅无车无房，就是租房，租的也租便宜的，像样一点的楼房，租金贵得离谱，自己都租不起，更何况买房？

因为郁闷，一份设计图几易其稿也不能按时完成，他遭到领导的数落。朋友劝他想开点。平时和他较劲的张三得意扬扬，对他冷嘲热讽，更让他脸颊发烫无地自容，恨不得钻进地缝里。

再也没脸待在这个设计公司了，是跳槽到另一家公司，还是回到自己的家乡？他还拿不定主意。

他无精打采地走进一家小饭店，要了一瓶酒、一盘花生米、一盘烩菜，一个人坐着喝闷酒。这时，老乡李四进来，看见他分外亲热，两人坐到一起，又要了几个菜喝了起来。

他向李四倾诉自己的苦闷，李四也讲述了自己的烦恼。李四也谈了一个女朋友，女朋友和他一样也是个打工的。

他们二人很相爱，却遭到了女朋友母亲的坚决反对。理由是李四没有房子。女儿自己是一个打工的，没有房子，就要找一个有房子的人，如果两个人都没有房子，等攒够钱买房子，女儿就三四十岁了，等不起。李四掉过头想一想，觉得人家说的也有道理，也是不欢而散。

他想离开这个城市，李四问他打算去哪里。他说自己也不知道，实在不行就回去。李四说，真要回去，就说明我们在这里失败了，也是没脸面对父母，还不如换个公司上班。

到哪里上班呢？

你到人才市场看看。

以后的事情以后再说吧。

他举起酒杯，和张三碰杯：什么也别说了，干了！

讲　　究

晚上，老刘开着出租车停在路边放下乘客，一眼瞅见3650 开着空车过来，连忙问道：3650，今天跑了多少？

不多，也就 200 块钱吧。

好家伙！200 块还不多，你要跑多少？

我跑再多还能跑过你去？老实交代，今天跑了多少？

230 吧。

你听听！你听听！还说我跑得多？

没办法，儿子上学、买房子，都等着用钱咧。

谁说不是呢！

两个的哥正聊着，又一辆出租车过来，一个黑脸的小伙子从车里探出头来，眯着小眼问 3650：今天跑得咋样？

3650 说：今天跑了 200 多。你呢？

我刚跑了 150，还是你厉害。

我厉害？他才厉害呢！

他跑了多少呢？

230！

不行，你们聊着，我抓紧再跑两趟。说完，小伙子开着车走了。

他咋跑这么少？老刘问道。

你不知道他？3650 大惊小怪，整天穷讲究，他是咱们队里有名的"三不的哥"呀！

什么叫"三不的哥"？

就是不拉三种人，喝醉酒的人不拉，农民工不拉，小姐不拉。这么多人不拉，他到哪儿去挣钱？

车脏了洗一洗不就得了？实在不想洗，放到加油站让他们给洗洗也行啊。

不放心！他们能洗干净？他自己洗，还得洗好几遍呢！不仅要洗，还要把座套里里外外都换了！

真是讲究。

咱们能忍受，人家忍受不了。穷讲究呗！

老刘想不明白，放着钱不挣穷讲究什么，讲究能讲究出钱来？

一天，老刘车上上来一位乘客，和老刘聊起来，问老刘一天能挣多少钱。老刘说，一天也就 200 左右。

乘客说他有一个亲戚也是跑出租的，每天可跑不下 200，除了费用几乎不挣钱。

老刘说，我不知道你的亲戚是怎么跑的。我倒知道一个人，叫"三不的哥"，就是不拉三种人。

对对，就是他，我也听人们说过。你是不知道，每天早晨光是洗脸刷牙刮胡子，他就得用一个小时。

就他那黑脸？

别看人长得不咋地，人家讲究得很！黑脸上的连鬓胡刮得干干净净，白衬衣总是平平展展，就连脚上穿的黑底白边布鞋也总是清清爽爽。

这人真讲究。

再讲究，黑脸也刮不成白脸。

哈哈哈。

老刘感慨，大千世界无奇不有，讲究的人也见过，没见过这么讲究的人。

晚上，老刘准备收车回家吃饭，有三个人从酒店出来拦车要去歌厅。有人坐车，老刘当然要拉，到手的钱还能让它跑了不成？老刘可不像"三不的哥"，有那么多的讲究。

　　老刘发动车子向歌厅开去。三人坐在车上议论纷纷。一个胖子说，你说他这人咋这么别扭？好不容易聚到一起，同学们聊一聊，再到歌厅唱唱歌，他可倒好，说什么也不去！

　　旁边的瘦子说：是急着去挣钱吧，出租车挣钱不容易。

　　另一个人反驳道，我可听说过他，人们都叫他"三不的哥"。

　　什么意思？胖子问道。

　　就是不拉喝醉酒的人、农民工和小姐。

　　一个出租司机还这么讲究？

　　他就这么别扭。你忘了，上学时有人和他开玩笑，给他衣服里放了一条毛毛虫，他当时就翻脸了，当着那么多人的面把衣服脱下，又抖又拍的，搞得那个同学不好意思，再也不敢和他开玩笑了。

　　老刘一听，这位可不是假讲究，是讲究到家了！看来同学们对他的评价也不怎么样。再见到他，一定好好瞅瞅，看看他与别人有何不同。

　　没过几天，老刘就见到了"三不的哥"。

　　那天，老刘送一个乘客到超市下车，看见超市门口围着很多人，老刘上前一看，原来是一个光头在打一个农民工。不知为啥，农民工一直躲闪，光头还是不依不饶，打得农民工鼻子里嘴里到处是血，最后倒在地上起不来了，实在可怜。有人说，农民工抱着东西从超市出来，没看见光头进门，不小心撞了光头，就被光头毒打。

这也太不像话了，怎么就没人管管？

光头是附近的混混，仗着家里有人当官，欺男霸女无恶不作，谁敢管呀。

老刘正准备上前，看见"三不的哥"从人群里出来，走到农民工跟前，把他搀扶起来拉进车里，把农民工送到了医院。

老刘再见到3650，说起"三不的哥"，3650也是一脸惊讶，没想到，真是没想到。

老刘问，也不知那个农民工后来怎样了。

3650说，"三不的哥"给农民工介绍了一个律师，把光头告上了法庭。

那人家就不是"三不的哥"。

哪里呀！昨天他还说不拉喝醉酒的人、小姐和地痞混混。

还是"三不的哥"。

桃花朵朵开

"醉人的春风暖暖地吹，桃花朵朵开……"

一阵轻松悦耳的手机铃声在办公室里响起，小桃急忙拿起了手机，一个男人在电话里说想她，问她今天晚上有没有时间见面。

办公室里的人一看她的表情就知道是什么人打来的，顿时盯着她，看她如何回答。

没想到，她迅速回绝了对方："我今天晚上有事，改天再联系吧。"然后把电话挂了。

好友小花立刻问她："是'海归'吧?"

小桃点点头。"海归"叫王军，刚从国外回来。小花挤

到小桃的座位上，亲昵地问："老实交代，是怎样钓上'海
归'的？"

小桃说，"海归"是她的大学同学，那天她们大学同学
聚会，王军也参加了。王军是小桃一个大院里长大的发小，
聊起了儿时的趣事，仿佛又回到了童年时代。那时的王军
比较淘气，不是把林家的妹妹逗哭了，就是把李家的阿狗
打跑了，经常听到王军的父母追着打骂王军，低声下气地
给邻居道歉。没想到长大了的王军一下子学好了，考上了
大学，还出国读了博士，昔日的淘气包，变成了今日文质
彬彬的"海归"，真是让人刮目相看。后来二人同去看望了
两家的大人，一来二去，二人就开始交往了。

"原来是这样啊。"小花有点泄气。

小桃说："你是不是想钓个钻石王老五啊？"

"谁不想啊。"

"我有个朋友在婚介公司工作，我让她给你介绍介绍？"

"都有些什么样的王老五啊？"

小花马上来了精神。

小桃说："我给你问问。"

第二天，小桃告诉小花，听朋友说，她们那里的王老
五有开装潢公司的，有开化妆品公司的，有开酒店的，还
有开家具店的、服装店的，等等，然后问小花选哪一个。

小花说："先选那个开化妆品公司的王老五吧，认识他最起码以后买化妆品不用掏钱了。"

小开说："都什么年代了，去那种地方选？"

小桃说："人家愿意，关你何事？"

小开不好意思再多言语。

朵朵说："小花你先去选，你选好了，我再去选。"

小桃不解，"她选她的，你选你的，互不干涉，为啥还要分开啊。"

朵朵说："我不着急，等等再说。"

小花见了那个化妆品公司的王老五，回到办公室大呼郁闷。小桃急忙问怎么回事。小花说："那个人刚刚三十一岁，怎么看上去就像四十一岁呢？都聪明'绝顶'了！头顶上没有头发，头上右侧有一绺头发，从右面梳到左面，绕了一圈。一说话，那绺头发就掉下来，他还得用手把那绺头发拢上去。不要说跟他在一起过日子，想起了都倒胃口。"

"是不是所有的钻石王老五都是这样啊？"

小花感到有些恐怖。

"哪能呢，你遇到的只是一个意外。"

小桃解劝说。

对于约见钻石王老五，小花心有余悸。

过了一段时间，小桃又给小花介绍了一个开酒店的王老五。

这个酒店老板年轻英俊，既热情大方，又面面俱到，让小花觉得有点演戏的味道。这样的王老五，让人心里不踏实，怕将来把自己卖了，自己还帮人数钞票呢!

小桃说小花小心眼，朵朵说她小奸巨猾。

小桃再给小花介绍时，就谨慎了许多。这次给小花介绍了一个开装潢公司的王老五。

小花也觉得有些对不住小桃，可感情这事，还真是不能凑合，不像去超市买白菜差不多就行。找对象得有共同语言，需要缘分。

和装潢公司的王老五见了一面，小花告诉小桃："还行吧，先试着处处再说。"这时，小开领着男朋友进来，小开对男朋友说："明天把你的哥们都叫上，让我这朋友尽情地选，直到选好为止。"

一句话逗得办公室里的人们笑了起来。

小开转身问朵朵："你呢，想找什么样的?"

朵朵说："我可不找什么钻石王老五，没有一点安全感。我就找个办公室里的吧。"

办公室?

人们都瞪大了眼睛望向了办公室里的男性，除了结过婚的老李就剩小张了。

"不会是小张吧?"

人们异口同声地问。

"不是他。"朵朵急忙解释。

"真的不是?"

人们朝朵朵暧昧地笑笑,朵朵不好意思地低下了头。

"醉人的春风暖暖地吹,桃花朵朵开……"小桃的手机又响了起来。

生活就是一杯浓咖啡

她朝咖啡馆走去，一身黑色的职业套裙更衬出了她的魔鬼身材。推开"生活本身"咖啡馆，迎面而来的一股热浪使她下意识地往后退了一步，仿佛刚才迎面而来的是一个"女强人"似的。

她站在门口，看一眼里面的顾客，有的人在沉思，有的人在聊天，有的人在喝咖啡。一个小伙子领她坐在了一个靠边的座位上。

小伙子给她端来了一杯浓咖啡转身走了。她端起咖啡喝了一口，嘴里有了一种苦涩的味道。苦过之后，又有了一种苦中带甜的味道。不禁感慨，生活不就是一杯浓咖啡吗，有苦，有甜，苦中带甜。

她是一个公司的负责人，每天很忙，忙得没有时间睡觉，没有时间会友，更没有时间谈情说爱。

虽然她有所成就，却不愿别人叫她女强人。那天，她因公要去一趟深圳，在飞机上遇到了昔日的大学同学。那位同学一见她，大声惊呼："女强人也有时间出去旅游？"

飞机上的乘客都朝她望去，有羡慕、称赞和敬佩。

她急忙解释，不是去旅游，是出差，办公事。同学听了更加羡慕不已，你因公出差，既能办公挣钱，又能旅游观光，美差啊！

她笑笑，出差办公是真，旅游观光是奢望啊。

记得有一次和朋友说好了去游玩，走到半路又被一个电话紧急召回公司，哪里有时间观光旅游？

说起以往的同学，有的同学当了官，有的同学出了名，有的同学在家相夫教子。说到最后，同学说，大家都非常羡慕你、敬佩你，等你有时间了都聚到一起坐坐。

她说，好的，你们定时间吧，到时候通知她就行。

同学们定在五一期间聚会。穿什么衣服去好呢？她翻了翻衣柜，也没什么像样的衣服，就去商场看看。好久没来了，没想到商场的变化真大。她正在独自感慨，迎面走来一个女人，仔细端详她半天，问她，你是不是老杜家的二闺女?

她也认出了这个女人，这是她儿时的邻居大婶。大婶看见她长得俊俏，连连夸她，不愧是老杜家的闺女，就是俊俏。你现在在哪儿上班?

她说她在一家公司上班。大婶突然想起，电视上还介绍过你的事情，说你是什么女强人? 对对，就是女强人。

她说不是什么女强人，就是努力工作呗。

大婶问她，你家孩子多大了?

她说我还没成家呢。尽忙工作了，哪有时间谈恋爱啊。

那可不能光是挣钱不成家，赶紧找个对象成家让你妈也放心。大婶又问了问她父母亲的情况，带着十二分的遗憾走了。

大婶给她介绍了一个男朋友，约好了时间，却因为她临时有急事去了外地而告吹。

这天老妈给她下了最后通牒，要她无论如何回家一趟，给她约好了一个相亲对象，对方也是一个事业型男人。

刚坐进车里，电话就来了，一会儿是客户的电话，一会儿是记者的电话，一会儿是秘书的电话，要她马上回公司，有重要客户。

同学会上，她看见了他，他现在是一家企业的负责人，他和她因为都是事业型人，都要强，所以只能各奔东西。

　　一首歌曲打断了她的回忆，只听有人在唱，美酒加咖啡，喝了一杯又一杯……

　　正在这时，一个男人走过来问她：请问旁边有人吗？她说没有，男人就坐到了她的旁边。

　　男人不敢确认地问她：你是小美？

　　她仔细辨认，你是大伟？

　　二人不由同时笑了起来。大伟问她最近怎样，她说还是那样。

　　大伟曾经是她的男友，因为她忙于工作疏忽了大伟，后来大伟和别的女人结了婚。

　　有得就有失，这是谁也避免不了的。

　　有人说她是女强人，有人说她是单贵女，还有人说她是变态女。她不承认，她只不过是靠自己的努力去工作，去生活。与别人何干？

　　生活是什么？

　　生活就是一杯浓咖啡，有苦，有甜，苦中带甜。

第二天的八卦故事

王经理一句"散会"刚刚说完，大家便作鸟兽散，纷纷提包的提包，拿手机的拿手机，轻快地跨出办公室。

他刚走出办公室，同事"蓝八卦"迎面向他走来。一瞧她那鬼鬼祟祟的架势，就知道准保又是什么八卦爆料。

"蓝八卦"是人们给她起的绰号，因为她姓蓝，又好传播各种小道消息，所以人们叫她蓝八卦。

如果"蓝八卦"是一个生活在唐朝武则天时代的平民，又非常想当官发财，一定会成为铜匦〔一种铜匣子，武则天命人铸造了四个铜匦：分别是丹匦（招恩）、青匦（招谏）、白匦（申冤）、黑匦（玄云，即告密）〕上书里的佼佼者，一定会升官发财金银满贯；如果"蓝八卦"在抗日战争时期有幸加入地下党，把她派到汉奸队伍里面窃取情报，肯定是一个非常出色的地下侦察员；如果"蓝八卦"有幸生活在美国，又有幸加入美国情报网，那么，奥巴马直接把她派去中东就成，不用调动大批军队进入阿富汗寻找本·拉登，也不用跑到伊拉克寻找本·拉登，费人费力费钱，还招致国际人士一致强烈反对。

他不得不佩服"蓝八卦"天生具有的敏锐观察力、勇于面对白眼的承受力以及丰富的想象力。

记得刘一那天刚上班，"蓝八卦"就义愤填膺地告诉她，不知是谁在微博上晒出她的"青春走光图"，刘一急忙上网查看，微博上是有一个"青春走光图"，但那个人不是她，害得她虚惊一场，把"蓝八卦"臭骂一顿。

一天中午，赵二正准备出去吃饭，"蓝八卦"屁颠屁颠地跑来，要赵二请她吃饭。

为什么？赵二问。

她说，公司马上就要发奖金了正好救他的急。难道不应该请她吃饭吗？

赵二是从农村来的，前几天父亲在地里干活不幸扭伤了腰，住进了医院，他把手头的钱都寄回去了，还是捉襟见肘，正急得火烧火燎，一听说有奖金，饭也不吃了，急忙找到王经理询问，没想到被王经理一顿训斥，不好好上班，就惦记奖金，哪来那么多的奖金？气得赵二直翻白眼，大骂王经理你家就没有父母大人？你就没有大病小灾？说话怎么那么刻薄尖酸？整个一个冷血动物！

自然，"蓝八卦"也没有吃到赵二的饭。

张三是那种小心眼的男人，有一天，"蓝八卦"逛街看见张三的老婆和别的男人逛街，"蓝八卦"忍耐再三，忍到忍无可忍、不吐不快的时候，终于告诉了张三。张三开始跟踪老婆，终于发现老婆的秘密，导致一场离婚大战，终于和老婆分道扬镳。

想到这里，他不愿搭理"蓝八卦"，然而她还非理他不可，拿出手机让他看她的手机录像：一个圆圆的白色圆圈内，一对亲嘴的芭比娃娃的图案，印在黑色的袜子上，真可谓黑白分明。

"你知道这是谁的吗？""蓝八卦"故作神秘。

"谁的？"

"王经理！"

"王经理？"

他的眼珠子差点没从眼眶里蹦出来，这会是那个每天绷着苦瓜脸从不会笑的"冷血动物"王经理？

那是他刚来不久，公司加班，到了晚上 9 点还不能下班，他有事要走，跟王经理请假，王经理说，好吧，今天你就走吧，下不为例啊。加班还不能请假，这是什么道理？

有一次在电脑上玩游戏太投入，被王经理发现，好一顿训斥，臊的他抬不起头来。

最可恨的是那次迟到，只迟到十分钟，王经理就教训他，并指着墙上挂的公司规章制度要他看。不就是罚款吗，愿意罚就罚呗，全部罚完就不用领工资了。

没想到就这位主，还穿这么浪漫的袜子？

"蓝八卦"得意地坏笑："想不到吧？"

谁能想到呢？

这天晚上，别人都走了，"蓝八卦"还在加班，第二天的计划书没做好，急得她快要哭了，偏偏越急越乱，电脑又死机了，任她怎样敲打键盘也无济于事，正在焦头烂额中，一阵脚步声传来，是王经理过来了，王经理帮她修好了电脑，也做好了计划书，也看到了那张芭比娃娃亲嘴的袜子图像，顿时一愣，向"蓝八卦"望去。

"蓝八卦"的脸色马上就变了，一会儿红，一会白，一会儿绿……

第二天，"蓝八卦"的计划书按时出台。

第二天，"蓝八卦"的工作也"死机"了。

霸王别姬

小姬走进办公室，发现准妈妈们成了办公室里的"霸王"啦。你瞧瞧，小李的办公桌上，堆放着各种各样的优生书籍；小王的办公桌上，摆着琳琅满目的早餐食谱；而小张的办公桌上，则罗列着各种各样的准妈妈不能吃的食谱。不仅她们的办公桌上满满的，就连自己的办公桌上、椅子上也堆放着许多，这也未免太霸道了吧？整个办公室里，到处洋溢着准妈妈们的欢乐气息，仿佛他现在不是在办公室里，而是在孕妇室里。

要我说，小李高昂着头，非常自豪地说，我的乖宝宝一定是一个聪明漂亮人见人爱的乖宝宝。因为他（她）要继承我和我老公的优秀遗传因子，我们二人的相貌个个都这么美貌帅气，我们的宝宝又会差到哪里？再说我们的头脑，老公是公司的优秀经理，我是办公室里的优秀员工，我们生下的宝宝当然聪明可爱；再说我们的皮肤，你看看这么白嫩细腻，当然会生一个白白胖胖的宝宝喽！

小王毫不示弱，也发表着自己的高见，我比较重视饮食的合理搭配，只有合理搭配，我的宝宝才会健康聪明。你们看我制定的一周食谱，星期一早餐是豆浆烧饼，午餐是米饭、醋熘鱼片、虾皮蛋汤，晚餐是花卷、蘑菇笋片和小米粥，加餐是薄葱豆饼、炒肉丝和大米粥；星期二的早餐是牛奶面包，午餐是烙饼、芝麻核桃仁、干切牛肉鸡丝蛋汤，晚餐是米饭、姜汁黄瓜，加餐是面包和牛肉酱；星期三的早餐是枣粥和馒头片，午餐是花卷、素拌合菜、油爆虾和蘑菇肉汤，晚餐是包子、素拌茄泥豆花和素鸡，加餐是馒头片、蛋花汤和猪肝片……

旁边的小张打断小王的饮食菜谱，你光知道该吃什么，那么你知不知道不该吃什么？小张的一席话，说得小李和小王瞪大了眼睛，我们不该吃什么？

小张得意扬扬地讲起了她的"不该经"：第一，不能吃油炸食品，比如油条；第二不能吃腌制食品，比如酸菜；第三不能吃罐头，比如鱼罐头；第四不能吃……

性急的小王打断了小张的"不该经":为什么呀？

小张点着小王的鼻子，你不动脑筋想想，酸菜是不是腌制蔬菜？腌制蔬菜里含有大量的致癌物质，不仅对我们自己的身体没有好处，对我们的宝宝危害那就更大：再说油条，是不是经过高温炸出来的？当然热量就高；再说罐头，是不是也要经过高温，有高盐、高糖、高热量、高防腐剂、高香料等危害，这些食物对于我们，不仅没有任何营养价值，对身体更是一种负担……

小姬越听越乱，这些女人都怎么了？平时个个精明强干，当了准妈妈后怎么就变得这么婆婆妈妈？他发表着自己的不满，你们这是在做什么？你们都快成办公室里的"霸王"了！

准妈妈们听到小姬的怨言，异口同声地与小姬叫板：我们就是办公室里的"霸王"了，你怎么着？

小姬一看众怒难犯，我惹不起还躲不起啊？小姬嘴里嘟囔着，怎么办公室里演开了"霸王别姬"？这哪里是"霸王别姬"？简直是"霸王赶姬"！

小姬逃出了办公室。小姬的身后，传来了准妈妈们的欢快笑声。

春暖花开

一大早，小春出门上班，哼着流行歌曲《春暖花开》："春季准时地到来，你的心窗打没打开。对着蓝天许个心愿，阳光就会走进来，花儿竞相地绽放……"小春沐浴在春光明媚的和风里，心情愉快得不得了，突然被一辆电动车撞倒，欢快的歌声戛然而止。

骑电动车的是一个男人，看见撞了人掉头就跑，风驰电掣一般逃离了肇事现场，疼得小春倒在地上直骂。旁边一个姑娘扶起了她，问她伤着没有，她抬了抬胳膊，动了动脚，就是膝盖处受了点伤，不要紧。连忙谢谢姑娘，围观的人们一起声讨那个骑电动车的男人。

　　当她一瘸一拐地走进办公室时，人们都瞪大了眼睛，忙问发生了什么事情。她把刚才被电动车撞了的事情讲了一遍，引起了人们的公愤。

　　素有"大喇叭"美称的暖暖，尖着嗓门大骂："现在的人们都怎么了，怎么这么缺德？撞了人连句道歉的话也没有，就逃之夭夭？"

　　一向抠门的"小气鬼"小花反驳着"大喇叭"道："他就怕你赖住他不放，怕你问他要钱，才赶紧逃跑，还会等在那里给你道歉？"

　　妖里妖气的"小妖女"也嗲嗲地抢白道："你以为他还会风度翩翩地把你送到医院给你看病的哦？"

　　小春的好友小开关切地问道："用不用到医院看看，再拍个片子？"

　　小春说，不要紧，只是膝盖受了点伤，没事。

　　大家对小春被撞这件事发表着各自的看法，唏嘘不已。

　　第二天上班，小春发现自己的办公桌上放着一袋礼品盒，正在纳闷，这时小开进来，提着一盒"太太口服液"，也放到了小春的办公桌上。

　　小春问，你这是做什么？

　　小开说，你的膝盖受伤了，需要补充营养。

　　那就谢谢了！

闺蜜就是闺蜜，时时都在关心着自己。小春和小开是初中同学，非常要好，这次小春把小开介绍到她们公司，两人更是形影不离，小春给小开带来了小开最爱吃的炸鸡腿，小开给小春带来了韩国化妆品，两人逛街时要买一模一样的时装，做美容时两人抢着付款，两人的关系不是亲姐妹，却胜过亲姐妹。

正在这时，"大喇叭"走进来，指着桌子上的礼品盒说："这是我给你买的西洋参，给你加强营养。"

小春乐了，我这是因祸得福啊！

"大喇叭"好给人传闲话，有一次，"大喇叭"看见小春和头儿在办公室里待了很长时间，见人就说小春想攀高枝，和头儿有一腿。被小春修理过一顿。如今小春受伤了，"大喇叭"并不记恨小春，让小春有些后悔。

其实，"大喇叭"这人也不错。

"让开，让开。""小气鬼"提着一盒大保温饭盒走了进来，也放在了小春的办公桌上。

呦，这是什么呀？有人问道。

"小气鬼"说，这是我早晨刚炖的老母鸡汤，最养人了。

她的眼睛湿润了。想起那次逛街和"小气鬼"坐出租车，去的时候是小春掏的钱，回来时应该"小气鬼"掏钱了吧？谁知"小气鬼"一上车就坐到了后面，让小春坐到了前面，下车时，"小气鬼"抱着衣服袋子跑得飞快，小春只能再掏腰包，发誓以后再也不跟"小气鬼"逛街。

没想到，"小气鬼"会这么大方给自己炖鸡汤。

她的眼睛不够用了，看看这个，瞅瞅那个，一时之间不知说什么好。

小妖女也扭着水蛇腰一步三摇地进来，也把她的礼品盒放到了小春的办公桌上。

看着大伙送来的各种补品，小春哽咽了，别看平时拌个嘴、扯个闲话什么的，一旦你真正有事，大伙都热情帮你。

想到这里，小春说，早知你们对我这么好，我该多撞几回。

你怎么不想着点好啊。

众人异口同声地骂她。

这么齐心？

"春季准时地到来，你的心窗打没打开。对着蓝天许个心愿，阳光就走会进来，花儿竞相绽放……"《春暖花开》的歌声，久久地回响在办公室里。

凤凰涅槃

　　酒店里，大家为如玉举杯祝贺。祝贺如玉写的《新生》获奖。如玉端起酒杯，和大家一一碰杯：感谢大家分享我的快乐。虽然没有几个钱，那也是对我写作的一种肯定。我在此谢谢大家了！

　　如玉送给大家一人一本《凤凰涅槃》，再次和大家碰杯：祝大家人人新生！

　　你给我们讲讲《凤凰涅槃》里的故事吧。孟瑶提议，娟子也附和道：讲讲吧，我们也没时间细看。

　　一个叫新生的老板，因管理不善被员工卷走巨款致使工厂倒闭，绝望中轻生，被旭东救起；一个叫更生的男人，因婚姻不幸痛苦万分跳楼自杀，被朋友劝阻。大彻大悟之后的重生，凤凰涅槃啊！

你这也是"凤凰涅槃"啊！孟瑶感慨不已。

对，凤凰涅槃。

来，让我们为"凤凰涅槃"干杯！大家纷纷举起酒杯向如玉祝贺。

干杯！

半小时前，大家坐在一起，一边等着上菜，一边议论纷纷。

桂花不屑地撇撇嘴，那能有几个钱？还不够我一把和的。

桂花老公开公司，她经常在麻将桌上打牌，和一把好几百，当然不会将如玉挣的那点小钱放在眼里。

挣几个是几个，冬梅反驳道，自己坐在家里写作，不用看别人的眼色，自己想什么时间写，就什么时间写，自由自在多好。冬梅不同意桂花的看法，冬梅在一家饭店打工。冬梅老公多年卧病在床，冬梅退休后不敢休息，还得到饭店打工挣钱养家。

人这一辈子，能够追求自己的梦想，也是人生一大幸事。孟瑶感叹着。孟瑶退休前是学校里的老师，退休后，也和如玉一样，看看书报，写写文章。她知道如玉的不易，非常理解如玉。

　　几年前，如玉到美容美发学校学理发，开了理发店，有了自己的立足之地。两个人各忙各的，谁也顾不上女儿，老师把如玉叫到了学校，述说女儿最近一段时间学习成绩下降，迟到早退不想学习，还和一些不三不四的人来往，再这样下去，孩子就毁了！为了女儿的学习成长，如玉关了理发店，回到了用透明胶粘住的家庭里。后来退休了，一心一意写作。最近，她的文章《新生》获了一等奖，真让人为她高兴。

　　开店前，如玉一门心思好好上班，过自己的小日子。没想到，单位要她下岗回家，老公在外面又有了新欢，遭此灭顶之灾，她都气傻了！浑浑噩噩中，走到了江边，默默地望着江水发呆。哭一阵，骂一会儿，世界如此之大，竟无她一个小小女人的立足之地，既然世间容不下她，活着又有什么意义呢？还不如跳进江里一了百了。

　　一步、两步、三步，她机械地迈着步子，向江水中走去。走着走着，一个浪头打来，一个趔趄，差点摔倒，她急忙稳住身子站稳脚步。

　　妈妈，你在哪里？远处，似乎传来女儿的呼唤。

　　女儿，是我的女儿在向我呼唤。可是，我现在已经顾不上女儿了。女儿啊，原谅妈妈吧，要怪，只能怪你那不是人的爸爸。

妈妈！妈妈！你不要你的女儿了吗，你不管你的女儿了吗？

不是妈不要你，也不是妈不管你，是你爸爸逼得妈妈没法活啊！

那你走了，我更没法活，没了妈妈的女儿，该怎样活？妈妈，我需要你啊！

女儿又在向她呼唤。是啊，就是全世界的人都不需要你了，你还有一个女儿，一个需要你照顾的女儿。假如就这样一走，你是解脱了，可你的女儿落在后妈的手里，还能有好？

此时的江水，已经漫到了她的腰身。江水已经失去了耐心，一个浪头迎面打来，将她狠狠地抛向了岸边。

回去的路上，她看见了街边的理发店，门面不大，投资不多，在这个街上，起码生存了五六年。她心中一动有了主意。

结婚前，如玉利用业余时间，看看书报，写写文章。写的都是爱情故事，有浪漫的、温馨的，还有不离不弃的。如玉的心中，憧憬着美好的爱情故事。

千君一发

　　是男人就要理发。男人的头发长了，胡子卷了，到理发店理理头发，刮刮胡子，立时就清爽利落精神焕发。光头去理发店次数更多，头发稍微一长，就觉着难受，就要到理发店刮刮，只有刮光了，刮爽了，才能舒坦。女人都爱美，就爱收拾打扮自己。姑娘们烫个时髦发型，在街头行走，回头率超高，那个美啊，眼角眉梢都是自信得意。再不，焗个彩色头发，今天是酒红色，明天是栗棕色，隔几天换一种颜色，随心所欲奔放自由。大妈们也不示弱，爱美之心毫不逊色，也要烫个波浪式发型，焗焗白发。千君一发，都得收拾。

单位下岗,又离了婚,带着孩子重新择业。给人打工干了一段时间,偏偏又逢公司经济疲软裁人,痛定思痛,给人打工终究不是长久之计。经过一番市场调研,开个理发店还行,虽说发不了大财,养活我们足矣。到美发学校学了两月,就找房子买用品,风风火火地开了一家理发店,名为"千君一发"。

"千君一发"店开业了,朋友找的大师傅却迟迟没来。我望着门外来来去去的行人心惊胆战,生怕有人进来理发,好歹你也等大师傅来了再理,行不行?

怕什么来什么,说话间,一个民工进来理发。洗发,擦干,围上围布,民工坐在椅子上,等着我给他理发。

沉住气,不要慌。在马路上给人理发时,老师表扬,顾客满意,我的技术可以啊。

先用剪子剪出大致轮廓,再用推子推,然后开始修边,后边修出坡度,耳朵两边修出轮廓,前面修出型款,忙活一阵,终于理完。照照镜子,还行。

碎发一抖,解开围布,民工起来付钱走了。我的一颗心才落到肚里,坐在椅子上半天没起来。

有了第一次的实践,我的胆子大了起来,又理了一个小男孩和一个中年男人的头发。

晚上,我正坐在椅子上看学校发的理发书,那个民工从镜子里出来，指着我的鼻子指责我，你看你理的是什么头，回去后人们都笑话我，你到底会不会理发？不会理发趁早回家抱孩子去！我再看他的头发，一边长一边短，分明是阴阳头，怪不得他要发火。可我明明记得只是给他剪短了而已，怎么就变成了阴阳头？

民工不依不饶，非要我给他退钱。退钱就退钱，只当花钱买个教训。我急忙掏出钱给他。我抬头一看，民工不见了，待我仔细看时，镜子里并无民工，只有我一人，是我看花眼了？

我正在发愣，小男孩的母亲领着小男孩从镜子里出来。小男孩的头发最难理。小男孩是板寸，板寸讲究的是有棱有角，平平展展，一点马虎不得。我在学校练得不多，可我在我儿子头上练过，在邻居孩子头上练过，在儿子同学头上练过。但我一点也不敢马虎，格外细心认真。理完后，在男孩头上左瞧右观，前面看，后面望，镜子里检查，确定无疑之后才给男孩洗头。

男孩母亲骂我一通，说我理得不好，孩子的头发就跟狗啃过一样坑洼不平，要我赔。

怎么赔？我有些气愤，也有些不安，简直心乱如麻。

男孩母亲说，重新理！理不好砸你牌子！

我直给她说好话，就差给她叩头行礼了。你看这样行不行? 我给你退钱, 我就这两下子, 再理也好不到哪里, 你还不如拿上钱到别人那里去理, 就当我从来没理过?

你说得倒好听, 明明理过, 非说没理, 这不成心骗人吗? 再说我家孩子时间紧, 除了正常上课, 还要上补习班, 哪有那么多时间去理发? 就是看你这儿近, 才来找你, 没想到让你给理成这样?

对不起, 对不起。你拿上钱还是上别人家去理吧。我边说边掏钱, 递给男孩母亲。男孩母亲一把推开我, 得理不让人, 我不要钱, 就要你理! 没办法, 我只好让男孩重新坐在椅子上给他重新理。等我拿上围布准备给男孩围上时, 却发现椅子上没人, 男孩和他母亲忽然消失不见了, 这是怎么回事, 难道是我的幻觉?

这时, 镜子里走出了中年男人。中年男人的头发理得最好, 是我在马路上理得最多的一种发型, 男人很满意, 笑着离开。没想到中年男人脸色一变, 责问起我, 谁让你在这里开理发店, 你有营业执照没有?

我说我有啊。我急忙去找。谁知他不由分说, 挥手招呼外面的人进来, 把我的理发工具、理发椅装上汽车就要拉走。

你们讲不讲道理, 还让不让人活了? 我上前抓住椅子不让他们拿走, 他们把我推倒在地, 扬长而去。

　　我从地上起来一看，理发椅还在，理发工具还在，惊魂未定，再仔细观看镜子，镜子还是原来的镜子，和普通镜子也没什么区别，它怎么就这么可怕？不行，不行，明天一定把它换了！

　　三天后，大师傅终于来了，而且是来了三个！为首之人，竟然是……竟然是……那个中年男人！就是那个要我的营业执照，没收我工具的中年男人！我的嘴巴张得大大的，何时合上我都不知道。

　　他说，我观察了你三天，逼着你自己上手，你也就逼出来了。人就怕被逼，逼到绝境，也就逼出一条路来了。我们当初不都是这样逼出来的？

吴　用

　　吴用被丈母娘推出家门，把他买的烟酒也扔了出来，随即"啪"的一声将门关上，丈母娘的骂声依然不依不饶追着他：我们家没有你这样的人，趁早滚远点！你说，要你这样的人有什么用处？要钱没钱要人没人要嘴没嘴的，真是无用！你老婆躺在医院里，你连一毛钱也拿不出来，要不是人家王老板好心帮忙，恐怕我女儿都得死在医院里！

　　老婆在屋里一声不吭，老丈人也躲得远远的，视而不见，拿着一张报纸装模作样地看着。

　　他茫然地走出丈母娘家，机械地移动着脚步。单位的人都下岗了，他再也没地方上班，当然也挣不上工资，仅存的工资全给老婆花在医院里，还欠下医院的高昂费用，他有什么办法？

吴用以前是厂里的木工，可现在厂里不需要木工，他的手艺失去了市场，一点用处也没有。他一遍遍地问着自己：我真的无用吗？

这天，他来到古镇，口渴难耐，走到一户人家门前敲门。大门一开，匆匆走出一个小伙，看见他一愣：你有什么事？

他连忙说：我是一个过路人，口渴了，想讨杯水喝。

小伙子极不耐烦：现在哪顾得上你呢？

后面一位大娘连忙对小伙子说：你去找刘大夫吧。

吴用见状，感到不安：对不起，你们有事，我再到别人家去。

大娘说：没关系。说完，给他端来一杯水，他一饮而尽。

他抬腿要走，大娘说，不着急。又给他倒水，吴用一连喝了三杯，这才放下了杯子。大娘给他解释：刚才出去的是女婿。女儿不知为何常常无缘无故晕倒，吓死人了！请了几个大夫，钱花了不少，也没看好。这不，刚才又晕倒了。

吴用猜疑：有可能是癫痫病吧？

老人惊喜：你是大夫？

吴用连连摇头：我不是大夫。只是见过这种病。

你知道怎么治疗吗？

掐她的人中，可能就会醒来。

掐了，也醒过来了。可总这样也不是个办法啊。

吴用说，我有个亲戚，也是这种病，吃过一个老中医的方子，好多了。

吴用把那个方子找来，给大娘的女儿用上，果然好了许多。大娘有一个弟弟开了一个木器加工厂，把吴用介绍给弟弟李志强。

李老板把吴用安排在木器厂上班，他的手艺派上了用场。经他手做出的家具，因为风格独特，很受人们青睐，立刻被人抢购一空。木器厂也因为他的到来，赚了个盘满钵满，他受到了老板的嘉奖，赢得了人们的敬重，同时，也博得了老板的女儿小芳的芳心。

厂里要去参加红叶市的博览会，老板要他和强强做最漂亮的家具参加展览。强强也是厂里的骨干，很受老板重视，两个人各显神通准备参加展览。吴用设计了一组衣柜，小芳也在一旁出谋划策端茶送水。强强也送去了一个别致的写字台。他们二人的产品，在博览会上成为人们瞩目的焦点。经过竞争筛选，他的衣柜名列前茅，强强的写字台落选了。

他的作品在博览会上一炮打响，很多厂家前来订购，有的厂家甚至高薪聘用他，被他婉言谢绝。今天，他吴用不再是一无是处，成了被人称赞被人尊敬的有用的人！

小芳爱上了他，使得一直暗恋小芳的强强憋着暗气。本想找个时间向小芳表达自己的心意，不料半路杀出个程咬金来。这次博览会上，强强施展浑身解数要把吴用比下去，获得小芳的欢心，没想到竟败给了那个傻大个，让他出尽了风头。

绝不能善罢甘休！

一天，客户来取订购的写字台，却发现写字台的腿折了。吴用大惊失色，连忙向客户道歉，并保证两日后，一定给他一个满意的写字台。

不用问，一定是强强做了手脚，要赶他走。他连夜赶做好写字台，向老板辞职。

小芳非常生气，凭啥你走？他自己技不如人，不说反省自己，反而破坏你在客户中的信用？就像他这样，岂止是技术的问题，简直就是人品不好！更让我不齿！

老板再三挽留，小芳也不让他走。小芳的母亲也劝他留下来。

盛情难却，他又留了下来。这天晚上，吴用回家路过一个胡同，被人一棍打晕。等他醒来，已躺在医院里的病床上。他睁眼一看，老板、小芳和警察等都围在他的身边，目不转睛地望着他，惊喜地喊着：醒了！醒了！你终于醒了！

他提着烟酒去丈母娘家，小芳听见脚步声，欢快地迎出来，挽着他的胳膊进门，老板和小芳大爷拿出珍藏多年的陈酒，要和他一醉方休，丈母娘从厨房里端出一盘盘炒菜，连连招呼他：这里就是你的家，不要客气。

这时，外面有人询问：请问，吴用先生在这里吗？

吴用连忙出来，一看不认识。

来人说，他是东风家具厂的时迁，受厂长委托，请吴用光临指导。

过 年

    马上要过年了，母亲又来信催促张生回家过年。是啊，离开家乡多年，母亲想见孙子，该回家了。

    张生带着家人，坐着马车，一路颠簸回到乌镇。想不到几年不见，乌镇变化真大。盖了许多新房，添了许多店铺，就连镇上行走的人也多了许多，可他一个也不认识。

    拐过前街来到后街，看见街上的人们都站成两排，像是在夹道欢迎什么大人物。

    张生向一位小伙子打听：请问壮士，这么多人是在欢迎什么人呢？

    小伙说：听说是郑大人回来了。郑大人在京城奉旨破案，没想到牵连出朝廷里的很多大官。有的人向郑大人求情送礼，遭到了郑大人的严厉拒绝。有的人狗急跳墙派人行刺郑大人，被一侠士营救。这样一来，更加坚定了郑大人破案的决心。经过多方调查取证，终于把这些人抓捕归案。郑大人受到了皇上的表彰，皇上赐给他一块金匾：铁面无私郑青天。镇长听说郑大人回来了，派人清扫街道，夹道欢迎郑大人回家过年。

张生在外面也听说过郑大人，非常钦佩郑大人为人处事的原则。这次回家能够见到郑大人，也是一件幸事。不仅看望了母亲和家人，还见到了心目中的青天大老爷，可谓一举两得。

旁边一位秀才模样的人反驳道：什么呀！不是郑大人回来了，是关大人回来了。关大人因为拒绝贪官的贿赂，被人陷害入狱坐牢。经过郑大人多方调查，证明了关大人的冤枉。通过这次的起落，关大人也看透了官场的险恶，感叹世事的无常，同时也感到寒心，就递交了辞呈，决心告老还乡。皇上再三挽留，无奈关大人去意已决，皇上才获准他回家养老。镇长听说关大人回来了，打扫了街道，派人夹道欢迎关大人回家过年。

张生感慨，是啊，官场里的钩心斗角，每天让人心惊胆战，也许你今天被皇上重用，明天或许就是阶下囚，或

许就脑袋搬家。官场无情啊！能够急流勇退，是关大人的
聪明。

一个中年人说：我怎么听说是黑龙帮的帮主要来了？
黑龙帮的人可惹不起，不是抢了李家的闺女，就是砸了王
家的店铺。只要黑龙帮的人一来，乌镇就乱成一团哭喊一
片，官府拿他们也奈何不得。多亏镇长聪明，和黑龙帮的
帮主订立了同盟协议，互不干涉，咱们这个乌镇，才能平
安无事。镇长听说黑龙帮主要回家过年，路过乌镇，让人
们夹道欢送，希望他们从此远离乌镇，让乌镇平平安安。

哦？张生甚感惊讶，还有这样的事情？

到底是欢迎谁呢？

张生摇摇头。你瞧他们三个，一个个说得有鼻子有眼，
好像都是真的。张生随众人的目光朝路上望去：只见一个
四十多岁的中年人，白白胖胖的，在人们的簇拥下走过来。

这就是郑大人？张生问小伙子。

小伙子摇摇头。

那就是关大人？

秀才摇摇头。

那肯定是黑龙帮的帮主喽？

中年人也摇摇头。

那他是谁？

正在这时，张生看见一个中年人朝自己走来，非常面熟，像是邻居王朝，多年不见，他也不敢贸然相认，试探着询问：请问，你是王朝大哥？

中年人看见张生也是一愣，仔细辨认：你是张家的二小子张生？

张生连连说：我就是张生啊！

真的是你？

王朝也非常高兴，把张生拉到一边亲切地问道：你这是从哪里回来，你现在做什么？

张生说：我刚从河北回来，做些小生意。你现在做什么？

王朝说：还是在衙门里当差，老样子了。

张生又问：刚才这个人是谁呀，怎么有这么多人夹道欢迎他？

王朝说：这位是以前的县令大人，因贪污罪被捕入狱，在监狱表现好提前释放了，让他回家过年。

啊？

闪小说

我出一千块钱

污河边，一群人围着一个老汉瞧着。

老汉冲围观的人们弯腰鞠躬，恳切地请求着人们：我儿子掉到河里了，哪位好心人帮帮忙救救我的儿子？

人们你看看我，我看看你，脸上的表情像污河一样沉寂，没有溅起一丝风、一尺波、一条浪。

我出钱！老汉灵机一动，谁能救我儿子，我给他三百块钱！

三百块钱？

污河动了，犹如一阵微风拂面，一片柳叶飘来，一块小石头子"吧嗒"一声，轻轻地落进了污河，溅起一朵小小的浪花，随即又沉寂下来。

我出五百块钱！老汉提高了声音，向众人望去。

污河动了，污河动了起来，宛若一块大石头砸入污河，引起一片涟漪：有的人向旁边围观的人们看看，有的人把手表脱了下来，有的人把手伸向衣服扣子准备下水救人，看了看别人没动，又把手缩了回去。

老汉红了眼，吼哑了嗓子，我出一千块钱！

"扑通"一声，一个青年跳进了污河，将污河砸出一朵美丽的莲花，河水"哗啦"惊叫一声，急忙给青年让道。青年人游到了河底，把老汉的儿子救了上来。

老汉的儿子已经死了，没有了呼吸。

老汉掏出钱递给青年，你把他送回去吧。

老汉儿子的墓碑前，老汉给儿子烧纸祭奠。老汉说，儿子啊，你已经入土了，你可以安心地走了。虽然你在河里待了五天，你表哥终于把你捞了起来。

急汉子遇上慢婆姨

汉子急。汉子性子急，腿急，电动车也急。

婆姨慢。婆姨性子慢，腿慢，自行车也慢。

这不，汉子骑电动车已经过了马路，扭头一看，他的婆姨还在马路对面推着自行车等着，她等红灯变成了黄灯，黄灯变成了绿灯，才从马路对面过来。

急得汉子冲婆姨直嚷嚷：你就不会跟着我过？你跟上我过，不就过来了吗？偏要等，偏要等着变了绿灯才走，你看看为了等你，误了多少时间？

婆姨不紧不慢骑着自行车回敬汉子：那也得等变成绿灯才能过。

汉子嫌婆姨慢，以后出门办事，都是自个儿骑电动车走。

有一天，汉子骑电动车过马路，又闯红灯，恰逢一辆车没刹住，将汉子撞飞。

肇事司机下车一看，汉子当场死亡。

气得婆姨直骂汉子：每天猴急猴急的，急着送死？这回好了，再也不用急了。

不管婆姨怎样责骂汉子，汉子也听不见了，再骂有什么用？

肇事司机给婆姨赔偿了一笔钱，婆姨也只能接受现实。

这天，婆姨正慢吞吞地迈着方步过一条小河沟，思忖着先迈左腿还是先迈右腿。一个电话打来，汉子的车祸事故不是意外，也不是汉子闯红灯所致，而是肇事司机故意所为。原来，肇事司机摸清了汉子的行车规律，故意趁汉子闯红灯时，将汉子撞死！

慢婆姨再也不慢了，只见她纵身一跃，飞过了小河沟。她的现任老公离开她住进了监狱，慢婆姨也变成了急性子。

爱，从不蹬空

我抱着女儿坐在屋中，一边给女儿唱着摇篮曲哄女儿睡觉，一边倾听着屋外风雪肆虐的呼啸。桌子上点着一支蜡烛，微弱的火苗跳动不停，给屋里洒满摇曳不定的昏暗光线。

又停电了。最近一段时间，大院里常常停电，不知是电线老化，还是有人家使用电炉子。电工接过几次，也检查过，仍旧隔三岔五地跳闸停电，电工也火了，不管了。

突然，"哐当"一声，窗户猛地一响，窗外一阵大风刮来，桌上蜡烛的火舌猛地一抖，险些被风吹灭。紧接着有个人影从窗外闪过。我急忙放下女儿，把窗户关好。心里思忖着，这人会是谁呢，是宿舍里的电工吗？看着不像，这个男人比电工长得高大。是邻居张三？可看着也不像，这个男人又比张三魁梧，也不像张三。莫非是他？

我给女儿盖好被子，关好屋门，出屋察看。只见这个男人扛着梯子走到电闸跟前，放好梯子，有些笨拙地爬上去，用手电筒照着电表箱，在梯子上忙活着。不一会儿，电灯亮了。

这回我看清了，正是那个我曾经恨他、怨他，不愿看见的男人！那一刻，我的鼻子一酸，眼泪不争气地掉了下来。

那个男人一脚蹬空，吓得我惊叫一声，男人从梯子上慢慢地下来，扛着梯子走了。我忍不住喊出了声，爸爸，我早就原谅了你！

别样的哥

我接到乘客投诉，车号为1100的出租车，拒载乘客。

我感到奇怪，在我的印象中，这个司机一向随和，还从来没有人投诉过他。再说，拒载的处罚可不轻，不仅要停运整顿，还要处以两千元的罚款，扣六分。这是为什么呢？

我找到1100号司机，向他询问原因。

司机说，没有原因，就是拒载。

我问他，你可知道拒载的后果？

不就是两千块钱的罚款吗？我交！

还要停运整顿。

我认！

没想到，1100 这么倔强。

我只能例行公事，对他进行处罚。

一天，我和几个司机聊起了 1100 号司机。有的司机说，有钱不挣是傻子，这年头还有这么二的司机？不挣钱不说，还被停运扣分、倒贴钱！有的司机说，是不是两人以前有过节，不然他也不会拒载。我说，乘客说不认识他。

这时，有一个司机进来，问我们说什么。我们和他说起了乘客投诉 1100 号司机。这个司机说，我知道。那个投诉他的人是不是长得高大魁梧挺有派头？那是他老婆的情人，被他发现，那个男人跑了，他把老婆打了一顿。

是情敌？

有可能。

人们摇头叹息，都很同情他的遭遇。

没想到，过了几天，1100 号司机请大家吃饭，庆贺贪官落网。原来他拒载的那个顾客，是他老婆单位的领导，老婆下岗失业全拜他所赐！

朋　友

黑村一屋内，老 D 问朋友，这里有没有去中村的公交车？

我们从来不坐公交车，也不知道。

你们这里有没有出租车？我在来的路上就没见过出租车。

出租车也很少，我给你们联系小巴吧。

不用再麻烦你了，我们打算去白城玩玩。

跟我还客气？你们不用急着走，你们在这里安心住下来，住上三天，就三天，三天后，我给你们联系小巴去中村，我给你们买车票。

不用，不用。我们不去中村，我们自己买票到白城。

6 路公交车站牌前，老 D 和老婆站在站牌前等车。二人看看身后，并没有朋友追来的身影，长长地出了一口气。老 D 还伸展了双臂，连扇了几下，犹如鸟儿逃出牢笼振翅飞翔一般。

自由了。

自由了。

终于自由了！

终于能自己做主了！

一个陌生的中年女人，打着遮阳伞来到 6 路站牌前等车。

老 D 问女人：请问女士，从这里到中村坐几路车？

女人不解，6 路车可到不了中村。6 路车到白城。

我们是想坐 6 路车到白城，再倒车到中村。

绕远了。你们是到中村旅游？中村是个村子啊。

我们是阳城人，想到中村坐火车回阳城。

是这样啊。你们要是回阳城，到白城转长途车到吕城，吕城就有火车去阳城。

去不了中村？

据我所知，没有直达车，只有小巴。你们可以坐小巴去中村。

不，不，不，我们不坐小巴。老 D 连连摆手，吓得退后几步。

你们来黑村旅游？

哪里呀！我们被朋友骗了！骗我们说黑村物业招人，一月五千元工资，还管吃管住，谁知到了黑村，竟然是搞传销?!

这样的朋友？

是啊，不是朋友还没机会骗呢！

敲　门

　　钱经理正坐在椅子上，数着办公桌上的钞票，一百、二百、三百……

　　当。当。当。

　　进来。钱经理把钱放进柜子里。

　　小王进门，钱经理，我母亲病了，我想把上个月的工资领了给母亲看病。

　　你先想想办法，上海的那笔钱回来马上就发。

　　钱经理，大夫说我母亲的病不能拖，得马上住院治疗。要不，我先跟公司借点钱看病，等发了工资再还给公司。

小王啊，公司要能借给你钱就能给你发工资了。再等等，啊？

等到什么时候啊？

小王无可奈何地走了。

钱经理把钱从柜子里取出来，一百、二百、三百……

当。当。当。又有人敲门。

钱经理把钱再次放进柜子里。

小李进来，钱经理，我父亲过世了，我要拿钱回家办理后事。

没有钱啊！你也不是不知道，外面的钱要不回来，我也没办法。

你没办法我更没办法！小李坐下不走，坐在钱经理的对面，端起钱经理的茶水杯就喝，喝了一杯续上水再喝。等了一会儿没辙，钱经理从身上掏出两百块钱递给小李。

小李这才站起来，接过钱出了门。

当。当。当。

进来。

小吴进来。钱经理，我的工资你一直领着。怎么着，不打算给我吗？

钱经理一下子从椅子上站起来，你到底是人是鬼，你怎么会在这里?

你到底给不给?

给给给。

钱经理急忙从柜子里拿出钱递给小吴。

燕儿窝深　燕儿窝浅

刚子瘦小，细眼如缝，说话也不敢大声，犹如蚊子哼哼，常被魁梧的强子摁住脖子，吆喝大伙：你们快看，刚子的"燕儿窝"最深，他是孬种！

这里的"燕儿窝"，并非真燕子窝，是指人后脑勺下的一个小窝沟，我们那里的人们称之为"燕儿窝"。因"燕儿窝"的位置在人的头部和身体的连接之处，故此，人们又将"燕儿窝"与人的性格、命运联系起来，留下了这样的传说："燕儿窝深，是孬种；燕儿窝浅，是好汉。"

欺人太甚！一旁的玲玲看不下去，谴责强子。强子恼怒，转向玲玲：我就欺负他了，怎么了，你心疼了？

玲玲红脸，瞪了一眼，甩辫离去。

刚子趁机溜走，向老爸哭诉。老爸气极，戳他脑门：真是孬种！

这天傍晚，刚子从舅舅家回来，匆匆赶路。突然发现，在阴暗之处，三男一女，不知做啥。定睛一看，三个男人，正在调戏玲玲！

一个瘦影走近了玲玲，一张胖脸凑近了玲玲，一只黑手伸向了玲玲……

刚子上前一步，退回一步。再上前两步，又退回一步。鼓足勇气，大喝一声，冲上前去，拦住了伸向玲玲的黑手……

玲玲得救，致谢刚子。刚子眼睛成缝，是舅舅及时赶来，要我捎回衣服。

强子再见刚子，竖起大拇指：你的"燕儿窝"最浅，你是好汉！

钻 馍 圈

　　今天是儿子十二岁生日。儿子闭着眼睛，被一群人围在中间，他的身边，一个七十岁的老人和一个八十岁的老人，抬着一个馍圈，只见七十岁的老人给他戴上馍圈，从头到脚穿过，那个八十岁的老人接过，儿子顺利地钻过了馍圈，顿时，旁边席上吃饭的人们，发出一片欢呼。

　　这叫钻馍圈。在我们那里，十二岁就标志着成人了，就要举行开锁仪式，他舅舅给他开过锁后，让他钻馍圈。馍圈是一种食物，由精白面粉捏成环状的项圈，上笼蒸熟而成。状似蛋糕坊里的面包圈，大小刚好能套在孩子的脖上。馍圈上还附着一圈花馍，有莲花、仙桃、佛手等吉祥物，还有的附着十二属相，用红豆、绿豆或黑豆点缀五官，再描以食用色素，然后运用剪、搓、割、捏等技巧，使其造型逼真，特地为过生日孩子的属相上标识一个红点，谓之"点红豆"。

儿子从头到脚钻出馍圈，睁开眼时，馍圈已游离身体，从此以后，儿子就被馍圈护住，平安健康长大。他妈妈给一个猴子的花馍点上了红豆。

晚上，朋友老婆放下一个黑包走了。那个黑包鼓鼓囊囊，渐渐地，那个黑包变成了一个黑色的、巨大的圈子，向我头上套来……

熬到了天亮，我毅然拿上黑包向朋友家走去。我给一个花馍上也点了红豆。

玻 璃 罩

　　玻璃罩内，她脸色苍白跪在地上，向女人恳求着，你放了我吧，我发誓一辈子心甘情愿给你家当牛做马。

　　玻璃罩外，女人黑着脸气急败坏，不知说些什么。女人扯着她的头发，将她拽到墙边，用力将她的头往墙上撞击着。她几次试图挣脱女人，均被围上来的人们团团围住挣脱不得。

　　身上的红衣服被人们拉扯得皱皱巴巴可怜兮兮。

　　她觉得与其这样忍辱活着，不如就此了断一了百了。

　　可是，痛！钻心地痛！她的心，就像被人用刀子划开一道口子，又撒了一把盐，阵阵灼痛。她实在忍受不了，疯了一般冲出人群，不顾一切地跑，跑啊跑，也不知跑了多远，回头看看无人追来，一屁股坐在一个屋角大口喘气。

她将挡在额前的头发往后捋捋，手指触到额头上的一个大包，疼得她惊叫一声，迅速将手放下。胳膊上的道道新伤摞着旧疤，触目惊心。

一片树叶刮来吓得她一阵哆嗦，恐惧地朝四周望去，并无一人走来，这才放心地坐回墙角。

女人逼着她和女人的智障儿子结婚。她怎能嫁给一个傻子？

不过，仔细想想，自从父亲打死那个女人的男人，那个女人仗着有人给她撑腰，屡屡找她滋事，不仅让自己给她家干活，还逼着她嫁给那个智障儿子，她的父亲已经为此付出了生命，为什么还对自己不依不饶？

一只鸟儿从眼前飞过，惊得她猛地站起，一阵头晕眼花，差点栽倒，急忙扶住墙壁稳住心神观瞧，除她之外，再无他人。

慢慢站起，仰望天空，东方已露出些许亮色，天快要亮了。

她突然发现，路上行走的汽车都没有声音，她的耳朵听不见了！女人的一个耳光，扇在她的耳朵上。"嗡"的一声，她就如同被罩在一个透明的玻璃罩里。

我的出租车丢了

早晨下楼开车，停车场内，红车黄车蓝车白车黑车都在，就是我的绿色出租车没影儿了。

哪儿去了？

保安说他不知道。那你知道什么，只要看着保安室的大门没丢就算尽职？

再转一圈还是没有。真的丢了？刹那间，红车黄车蓝车白车都变成了黑车，肚子一阵绞痛，坏了……

出来再找，停车场外、路边拐角、马路对面，都没有我的出租车，吃饭的工具不见了，以后到哪儿去吃饭？

王大婶问我怎么了，我说等朋友出门办事去。躲着她疑惑的目光，我干什么和你没有半毛钱关系！坐我的出租车不给钱，还想跟我套近乎？以后再坐我的出租车，除非太阳打西边出！

西边一下提醒了我，昨晚轮胎跑了气，我把出租车开进了西边的修车行。一惊一乍吓死人，快到修车行里去取车。

修车老板告诉我，你的轮胎坏了不能补，我给你换了一个新轮胎。你不是开上车和朋友吃饭去了吗？

一语惊醒梦中人，竟把昨晚忘精光！昨晚和小勇他们在老院子里喝酒，喝得多了开不了车，就把车子停在了老院子，晕晕乎乎找不着北，是他们把我送回了家。

想当年，从单位下岗买了车，开着黄面的进了老院子。扫三遍，洗三遍，擦了一遍又一遍。坐进驾驶室的座位上，双手握紧了生命的方向盘。以后的日子有奔头，发财致富不敢说，换一套房子应该没问题。

起早贪黑载乘客，快快挣钱把钱还。能挣的钱一定挣，不能挣的钱绝对不能挣。邻居半夜三更来找我，生命垂危送医院。给钱坚决不能要，你把我看成了什么人？

迎面走来邻居小二哥，骂我只认金钱不认人。你怎么能在出租车里安装手动红色计价器，就连邻居也要宰？